JN125310

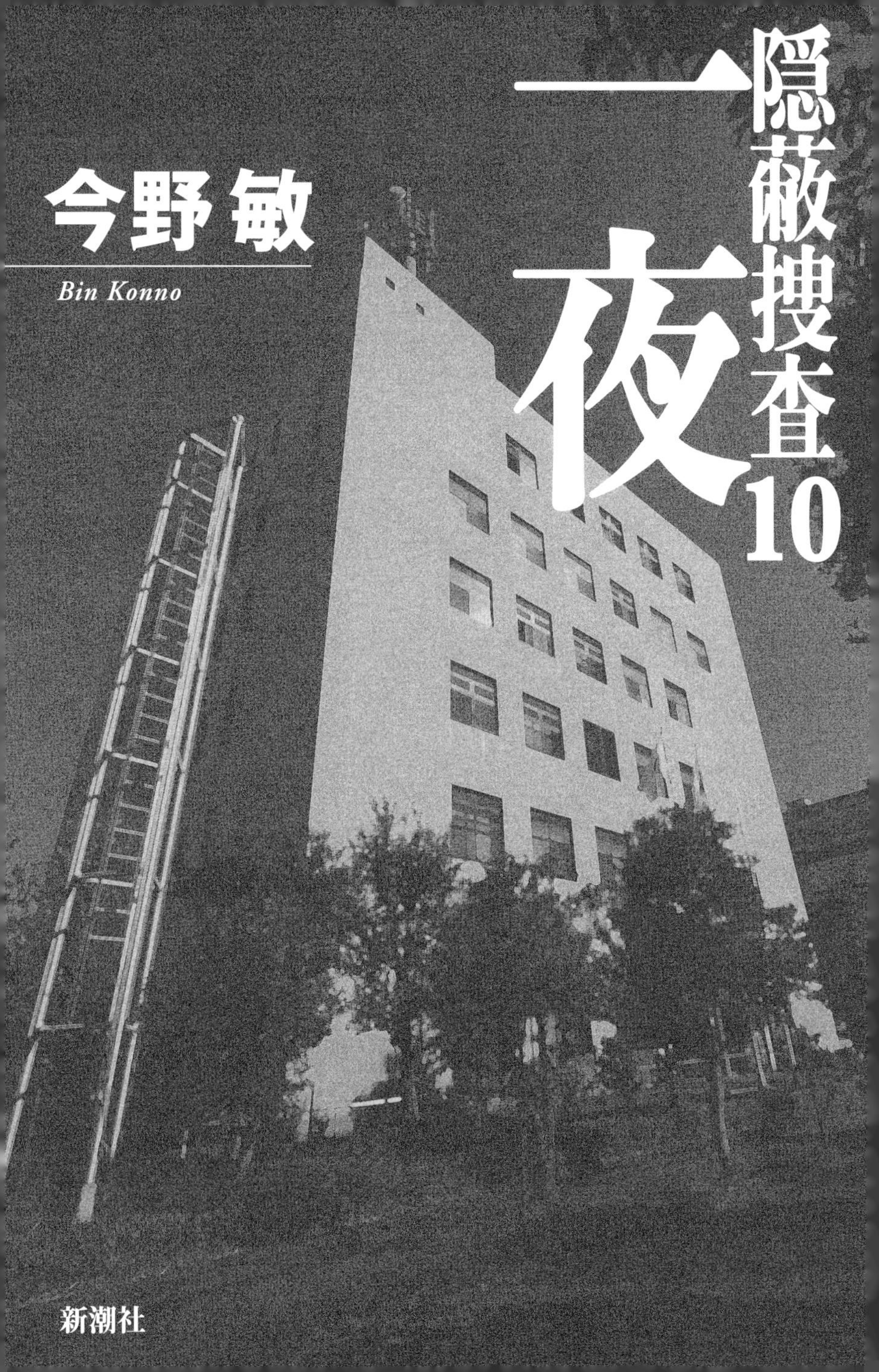

一夜
隠蔽捜査10

今野 敏

Bin Konno

新潮社

一夜

隠蔽捜査10

1

「あ、ちょっと待って……」

定時に官舎を出ようとした竜崎伸也《りゅうざきしんや》は、妻の冴子《さえこ》に呼び止められた。家族が玄関まで見送りに来ることは滅多にない。

冴子が出勤する竜崎を玄関で見送っていた時代もあった。そのたびに、竜崎が「必要ない」と言ったので、いつしか見送りをしないことが竜崎家の習慣となっていた。

「何だ？」

「今日は、邦彦《くにひこ》が帰国するから、できるだけ早く帰ってね」

「今日だったか……」

邦彦は、ポーランドに留学していた。もっと長くなるかと思っていたが、一年ほどで帰ってくることになった。

もともとそういう予定だったのか、予定が繰り上がったのか、竜崎は知らない。

「わかった」

そう言うと、竜崎は玄関を出ようとした。

「忘れないでね」

竜崎は足を止めて振り返った。

「息子のことを忘れたりするものか」

「どうかしら。あなたのことだから、わからないわ」

竜崎は玄関を出た。

官舎が入っているマンションの前に、公用車が停まっていた。そして、その近くに警察官がいた。

竜崎たち部長が住んでいるマンションから奥まったところに県警本部長官舎のマンションがある。制服を着た警察官は、そこの見回りだ。

部長官舎のマンションは、山手《やまて》の坂の上にある。かなり急な坂だ。休日など、徒歩で出かけるとけっこうきつい。その代わり眺めはいい。

邦彦は何時頃帰ってくるのだろう。そういうことは一切冴子に任せているので、竜崎は何も知らない。

家族のことをよく知らないので、あれこれ言う者がいるかもしれないが、竜崎はまったく気にしていなかった。

無頓着なわけではないと、自分では思っている。家族といえども、それぞれ独立した人格なのだから、過剰に干渉する必要はないと思っているのだ。

公用車が神奈川県警本部に到着し、竜崎の刑事部長としての一日が始まった。

時計を見ると午後五時になろうとしている。事件の知らせはない。今日は何事もなく定時で帰れるかもしれないと、竜崎は思った。

もし、仕事のせいで早く帰れなくても、冴子は何も言わないだろうが、竜崎は気にしていないわけではない。

ノックの音が聞こえた。

この時刻に誰かがやってくるのは、よくない知らせかもしれない。

竜崎が「はい」と返事をすると、ドアが開いて阿久津重人《あくつしげひと》参事官が入室してきた。

「小田原《おだわら》署に、行方不明者届が出されました」

怪訝《けげん》に思って、竜崎は尋ねた。

「それは珍しいことではないだろう。参事官がわざわざ報告に来るようなことなのか？」

「私もそう思っていたのですが、どうやら小田原署内がざわついているようなので……」

「なぜだ？」

「その行方不明者が、北上輝記《きたがみてるき》なんです」

説明を待ったが、阿久津が何も言わないので、竜崎は言った。

「誰だ、それは」

阿久津が驚いたように竜崎を見つめた。

「小説家です。小説はお読みになりませんか？」

「読まないな。有名なのか？」

「たいへん有名です。最近また、大きな文学賞を受賞したばかりです」

「そうか……」

竜崎はさらに尋ねた。「それで、どうして警察署がざわついているんだ？」

「著名人ですから」

「著名人だろうが、そうでなかろうが、届けの扱いは同じだろう。特異行方不明者かどうかを確かめる。そうでなければ、日常の警察活動において発見に配意する。もし、特異行方不明者だということになれば、すみやかに捜査しなければならない。そういう規定になっているはずだ」

「おっしゃるとおりですが、万が一、誘拐ということにでもなれば、マスコミが大騒ぎすることになります」

「誘拐なのか？」

「例えば、の話です。言葉のアヤです」

「ここは警察本部だぞ。言葉のアヤとかでそういうことを言うべきではない」

「しかし、その恐れはゼロではありません」

「届けが出されたのは、いつなんだ？」

「今朝の八時半頃の事だそうです」

「警察署が開くのを待っていたというタイミングだな」

「そのようです」

「……で、経緯は？」

「届けを出したのは、夫人です。昨日から姿が見えないのだということです」

「連絡もないのか？」

「ないそうです」

「普段はそういうことはないのか？」

「届けを受理した係員も同様のことを質問したようです。どこか知り合いのところにでも行っているのではないか、と……」

「知り合い……」

「そうです。親しい女性とか……」

愛人という意味だろう。

「……で、どうなんだ？」

「黙って家を空けるようなことは、これまでなかったということです」

「それで……？」

「その係員は、規定の手続きを踏んで、次の仕事に移りました。端末に、行方不明者のデータを打ち込んだのです」

「すぐに捜査を開始したわけじゃないんだな？」

「行方不明者の扱いについてはご存じでしょう」

「いや、実はよく知らない」

「よほどのことがないと、後回しにされます。自ら姿を消したり、ひょっこりと現れたりするケースが多いので、しばらく様子を見るわけです」

「この事案は、県警本部まで上がり、部長の俺のところまで報告が来たわけだ。何があった？」

「副署長が、たまたま届けの記録を見たのだそうです。副署長は、北上輝記のファンで、これは大事《おおごと》だとすぐに署長に報告したということです」

「マスコミ対応は副署長の仕事だから、著名人については敏感だろうな」

「北上輝記が行方不明だという話は、あっという間に署内に広まりました」

竜崎は驚いた。

「警察署には記者がいるだろう。筒抜けじゃないのか」

「そこは気をつけていたようです」

「現時点では、俺が言えることは一つだ。箝口令《かんこうれい》を敷け」

「了解しました」

「特異行方不明者かどうかは調べているんだな？」

「署長肝煎《きもいり》です」

「わかった。何事もないことを祈ろう」

「はい。では、失礼します」

阿久津が出ていくと、竜崎は考え込んだ。

特異行方不明者であることが明らかになればすぐに知らせが来るだろう。ここで知らせを待っていても仕方がない。

帰宅しても問題はないだろう。やはり、定時に帰れそうだ。

そう思っていると、机上の警電が鳴った。石田《いしだ》兼一《けんいち》総務課長からだ。

「本部長がお呼びです」

この呼び出しは常に待ったなしだ。

「すぐに行く」

「本部長室に直接どうぞ」

「わかった」

竜崎は刑事部長室を出て、県警本部長室に向かった。


「小田原の件、聞いてる？」

佐藤実《さとうみのる》県警本部長が、竜崎に尋ねた。

立ったままでいいという竜崎を、無理やり来客用のソファに座らせ、佐藤本部長はその向かい側に座っていた。

「行方不明者の件ですか？」

「そう」

「本部長のところまで上がっているのですか？」

「そりゃあそうだろう。北上輝記だよ」

「誰であろうと、行方不明者の扱いは同じです」

「もちろん、扱いに差があっちゃいけないよ。誰であろうとさ。でもね、それ、たてまえじゃない」

「たてまえはそのまま実行すべきでしょう」

「特殊班、動かそうと思うんだけど、どう思う？」

「ＳＩＳですか」

佐藤本部長は警視庁風に「特殊班」といったが、警察庁では「特殊事件捜査班」と呼ぶことが多い。

警視庁のＳＩＴはすっかり有名になったが、神奈川県警にも同様の係があり、ＳＩＳと呼ばれている。誘拐事件などの特殊事件に出動するチームだ。

「そう。誘拐かもしれないだろう」

「何事もなく帰ってくるかもしれません。ＳＩＳを動かすのは早計だと思います」

「俺さ、北上輝記と飯食ったことがあるんだよね。中華街でさ」

「そうですか」

「いや、だからさ……。そうですかじゃなくて、ちょっとは考えてよ」

「考える？　何をですか？」

「捜査のことを、だよ。ＳＩＳを動かすかどうかは、竜崎部長の専権事項だろう」

「そんなことはありません。板橋《いたばし》捜査一課長が出動を命じることもできます」

「あ、そうなの？」

「はい」

「でも、捜査一課長にその気がなくても、部長が言えば、誰も逆らえないよね？」

「考えろというのは、つまり、特別扱いしろということですか？」

「いやあ、強要はできないよ。だから、相談してるんだ。俺、ファンなんだよね」

「北上輝記のですか？」

「そう。それで、伝手《つて》を頼って、先日ようやく食事ができたわけだ」

「相手によって捜査に力を入れたり手を抜いたりという差をつけることはできません。それは、さきほども申しました」

「心配なんだよ。もし、北上輝記に万が一のことがあったら……」

「特異行方不明者なのかどうか、現在、小田原署が調べているはずです」

「副署長が気づかなかったら、北上輝記が行方不明だってことを、俺たちはまだ知らないままだったろうな」

そのほうがよかったかもしれないと、竜崎は密かに思った。

多くの場合、一般行方不明者なのだ。特異行方不明者の例は少ない。警察が大騒ぎをしている間に、知り合いの家に泊まっていたなどと言って、ひょっこり帰ってくることもあり得るのだ。

だが、佐藤本部長は、もうすっかり特異行方不明者だと決めてかかっているようだ。

著名人というのは、面倒なものだ。マスコミが騒ぐだけではない。このように、身近にその人物のファンがいたりするのだ。

県警のトップに「調べろ」と言われたら、そのとおりにするしかない。竜崎は言った。

「小田原署が、特異行方不明者だと断定したら、すぐに動きだします」

「SISにも準備させておいてよ。すぐに出動できるように」

「SISはいつでも出動できます」

佐藤本部長はうなずいた。

「じゃあ、よろしく頼むよ」

本部長室を出てエレベーターに向かう途中、八島圭介《やしまけいすけ》に会った。八島は、新任の警務部長だ。

竜崎と同期で、竜崎は相手にしていないが、向こうはライバル視しているようだ。

廊下で会ったのも偶然ではなく、本部長室から出てくる竜崎を待ち伏せしていたのかもしれない。

「本部長と何の話だったんだ?」

口調はさりげないが、気になって仕方がないのは明らかだ。

「捜査の話だ」

「何の捜査だ?」

行方不明者届のことを、相手が同期といえども話すことはできないと、竜崎は思った。万が一、誘拐事件だった場合は、いかに情報が洩れないようにするかが重要になってくる。

「捜査情報を洩らしたら、俺はクビになる」

「そんな大げさな話じゃないだろう」

「捜査情報というのはそういうものだ。もっとも、おまえは俺がクビになったほうがいいと考えているかもしれないが……」

これを冗談と受け取ったのか、八島は笑った。

「おまえは本部長と親しいらしいな」

「別に親しいわけじゃない。刑事部長という立場上、会うことが多いというだけのことだ」

事実、刑事部長は大きな事件があれば必ず本部長に呼び出される。

「俺は、福岡から赴任してきて間がないので、本部長のことをよく知らない」

「知る必要はないだろう。仕事ができればいい。今の本部長だってそのうち異動でいなくなる」

　これは本心だ。キャリア同士は親しくなる必要などないのだ。どうせ、みんな二年ほどで異動になるのだ。

　八島は、なぜかにやにやしながら言った。

「そうか。捜査の話か。そいつは、ご苦労なことだ。じゃあな」

　彼は歩き去った。

　あいつは何が言いたかったのだろう。不思議に思いながら、竜崎は刑事部長室に戻った。


　結局、県警本部を出たのは、午後七時頃のことだった。それでも、帰宅は早いほうだ。公用車を降りて、自宅の玄関を解錠した。

「ただいま」

　声をかけると、冴子がやってきた。

「お帰りなさい」

「邦彦は？」

「それが、まだ帰ってないの」

　靴を脱いで、リビングルームへ移動する。

「帰りの予定は今日なんだろう？」

「十二時五十分に成田《なりた》に着陸したらしいわ」

「もうじき、七時半だぞ。七時間近くどこで何をやっているというんだ？」

「わからないの」

「電話は？」

「成田に着いたという知らせはあったのよ」

「また、こちらからかけてみるといい」

「かけているんだけど、出ないのよ」

まったく何をやっているのか。

行方不明者届を出したくなった。

竜崎は、ダイニングテーブルの脇に呆然と立ち尽くしていた。冴子がさらに言う。

「まあ、誰か人に会っているのかもしれない。まっすぐ家に帰ってくるとは一言も言っていなかったから……」

「一年の留学から戻ったんだ。まっすぐ家に帰ってくるのが常識だろう」

「あら、あなたから常識という言葉を聞くとは思わなかった」

「俺はいたって常識的な人間だぞ」

冴子が笑った。なぜ笑うのか、竜崎にはその理由がわからなかった。

「とにかく、帰宅するか連絡が来るのを待つしかないわね」

「じゃあ、飯にしよう」

冴子が夕食の仕度を始めた。

いつものように、三百五十ミリリットルの缶ビールを一本だけ飲み、食事を終えた。邦彦が帰ってくるというから、ごちそうを用意しているのではないかと思ったが、普段とまったく変わらない食事だった。

「邦彦が帰ってこないことが、わかっていたのか？」

竜崎が尋ねると、冴子はきょとんとした顔をした。

「わかっていたはずないじゃない。どうしてそんなこと訊くの？」

「ごちそうとか用意するもんじゃないのか？」

「本人の希望を聞こうと思っていたの。連絡が取れないんだから、用意のしようがない」

「なるほど。それは合理的だ」

午後八時半頃、娘の美紀《みき》が帰ってきた。

「あら、お父さん。早いわね」

「ああ。邦彦が帰ってくるというんでな」

「その邦彦は？」

冴子がこたえた。

「まだ帰ってこない。成田に着いたという連絡は来たんだけど」

「それ、いつ？」

「午後二時頃のことよ」

「そう」

美紀が気にした様子がないので、竜崎は尋ねた。

「心配じゃないのか？」

「何かやることがあるんじゃないの？　誰かに会うとか……」

「まっすぐに家に帰ってくるべきだろう」

「それ、邦彦に言ってよ。私、着替えてくる」

美紀は自分の部屋に向かった。


結局、邦彦が帰ってきたのは午後十時頃のことだった。

「大学の友達に連絡したら、一杯やろうって話になって……。気がついたらこの時間だった」

何をしていたという竜崎の問いに、邦彦はそうこたえた。

それならそうと連絡を入れろ。そんなことを言おうと思っていると、電話が振動した。

「はい、竜崎」

「板橋です。小田原署の件、お聞きですよね？」

「行方不明者の件だな？」

「特異でした。誘拐らしいです」

「今、本部か？」

「はい。これから小田原署に向かいます」

「わかった。俺もすぐに行く」

「お耳に入れておこうと思っただけです。おいでになるには及ばないと思いますが……」

「本部長が気にしていたんだ」

「ああ……。北上輝記のファンだそうですね」

「だから俺も行ったほうがいいと思う」

「了解しました」

竜崎は電話を切ると、冴子に言った。

「小田原に行く」

「じゃあ、着替えを用意するわね」

「帰ってくるつもりなんだが……」

「今から小田原でしょう？　帰れやしないわよ」

冴子の言うことは素直に聞いたほうがいい。

「わかった」

竜崎は電話で公用車を呼んだ。

2

午後十一時半頃に小田原警察署に着いた。

玄関で竜崎を待っていたのは、副署長と総務課長だった。

副署長が言った。

「捜査員は講堂に集めています」

すでに捜査本部の体裁を整えているということだろう。竜崎が決定を下せば、すぐに捜査本部ができる。

竜崎たちが足を踏み入れると、「気をつけ」の声がかかり、講堂にいる者が全員起立した。

その場で指揮を執っているのは、板橋捜査一課長だった。竜崎は彼がいる幹部席に進んだ。

「本当にいらしたんですね」

板橋課長が言った。

「もちろんだ。誘拐だというのは確かなのか？」

「車で連れ去られるところを目撃した者がおります」

副署長が竜崎の隣に来て言った。

「明日の朝には、たいへんなことになっていますよ」

「マスコミのことを言っているのですね？」

「そうです」

「まだ発表は避けてください」

「秘匿するのですか？」

「被害者の安全を最優先に考えなければなりません。誘拐犯の目的もまだわからない。現時点では、伏せておいたほうがいい」

副署長は緊張の面持ちで「わかりました」と言った。

「車で連れ去られたということだが……」

竜崎は、隣の板橋課長に言った。「どういう状況だったんだ？」

「昨日の午後五時頃のことです。城山《しろやま》二丁目の被害者宅の近くで、目撃情報がありました。白っぽいワンボックスカーに無理やり乗せられたらしいです」

「白っぽいワンボックスカー？」

「自動のスライドドアだったようです。被害者の脇に停車したと思ったら、ドアが開き、運転席から降りてきた男が、被害者を車内に押し込んだということです」

「ナンバーは？」

「目撃者は覚えていませんでした。狭くて車がすれ違うのに苦労するような道です。交通量も人通りも少なかったようです」

「城山二丁目と言ったか？」

「はい」

「どんな地域なんだ？」

「高台にある高級住宅街ですね。別荘なんかもあるようです」

「被害者は、一人で歩いていたのか？」

「夫人の話によると、散歩に出ていたようだということです」

「ようだ？」

「ええ。普段から、何も言わずにふらりと出かけることがしばしばあったということです」

「犯人に心当たりは？」

「夫人は、わからないと言っています」

「脅迫とか嫌がらせはなかったのか？」

「なかったと……。少なくとも、夫人はそういうことは知らなかったと言っています」

「そうか」

「本部からは、特殊犯中隊が来てます。三個小隊の中隊です。ですから、人数は中隊長を入れて十人です」

神奈川県警捜査一課の組織は独特だ。捜査畑で「中隊」「小隊」という言い方をするのは、おそらく神奈川県警だけだろう。

竜崎が経験した他の県警では、警視庁と同じく「係」だった。中隊が係に相当する。小隊は一名ないし三名で、小隊長は「班長」と呼ばれる。

竜崎は言った。

「本部長は、ＳＩＳを呼べと言っていた」

板橋は驚いた顔をした。

「本部長が直々《じきじき》に指示されたということですか？」

「行方不明者届の段階で、そう言っていた。ファンなんだそうだ」

「あ、北上輝記の……」

「君は読んだことがあるのか？」

「ないですね。小説なんて読んでいる暇はないです」

「そうだろうな。ＳＩＳはどうする？」

「どうするって……。もう来てますよ。特殊犯中隊ってＳＩＳのことですよ」

「そうだったのか。現場のことはよくわからない」

「では、任せていただきます」

「そうしよう」

だいたい状況がわかったので、これ以上は口出しするつもりはなかった。

佐藤本部長に言われたとおり、ＳＩＳを投入したわけだ。あとは捜査の行方を見守っていればいい。

誘拐事件はきわめてデリケートだ。特殊班の者がよく言うことだが、殺人事件は過去の出来事だが、誘拐事件は現在進行中なのだ。

しかも、被害にあったのは著名人のようだ。竜崎は知らないが、だからといって有名ではないということにはならない。

世間に知られている作家ということになれば、誘拐の理由はいろいろ考えられる。それなりに金持ちなのだろうから、まず金銭目当ての可能性は捨てられない。

作品が誰かの怒りを買ったということもあるかもしれない。

ふと顔を上げると竜崎の前に三人の男たちが横一列に並んでいた。

板橋が言った。

「紹介します。SISの小牧勝《こまきまさる》中隊長、小田原署刑事組対課の朝霧利男《あさぎりとしお》課長、そして同じく、小田原署強行犯係の末武洋司《すえたけようじ》係長です」

「竜崎だ。よろしくたのむ」

SISの小牧中隊長は、何度か顔を見たことがあり、覚えていた。

小田原署の二人は初めてだ。朝霧課長、末武係長は、ともに四十代のようだ。

彼らが持ち場に戻ると、副署長が言った。

「申し遅れました。内海順治《うつみじゅんじ》と申します。本来ならば、署長が参るところですが、行方不明者届に気づいたのが私なので……」

「事情はうかがっています」

「ですから、取りあえず私が臨席しております。正式に捜査本部が発足となれば、署長が参りますので……」

「たしか、署長は兵藤安友《ひょうどうやすとも》警視正ですね」

「はい」

二人の会話を聞いていた板橋が竜崎に言った。

「捜査本部発足ということでよろしいですね？」

「ああ。今からここは捜査本部だ」

午前零時を越えて、日付が変わった。

捜査員たちの動きはあわただしい。初動捜査が大切なことは、殺人の捜査も誘拐の捜査も変わらない。

板橋課長が言った。

「被害者宅の近くに、マイクロバスを停めて、そこを前線本部にします。そこからＳＩＳの捜査員を被害者宅に派遣して、電話に録音機を仕掛けたり、家族の方々に指示を出したりします」

「電話連絡があったら、すぐに相手の位置情報を得られるんだな？」

「ええ、ｉＰｈｏｎｅでなければ」

アンドロイドのスマートフォンなら、電話会社の交換機を通ることで位置情報が入手できるが、ｉＰｈｏｎｅは独自のシステムなので、それができないのだ。

それでも、昔の逆探知のように時間がかかることはない。電話会社の協力があれば、相手の位置情報を得ることは可能だ。

だから、犯人からの電話は大きな手がかりになる。全国の特殊事件捜査係の研究と訓練により、昔とは比較にならないほど誘拐の捜査は進歩している。

誘拐が割りに合わない世の中になっているのだ。

「わかった」

竜崎は板橋課長にそうこたえてから、内海副署長に言った。

「行方不明者届に気づいたとおっしゃいましたが……」

「ええ。たまたま、端末で記録を見ておりまして……」

「北上輝記の名前にお気づきになったということですね？」

「そうです」

「彼の作品をよく読まれるのですか？」

「ええ、私だけではなく、家内も……。娘も読んでいるようです」

「娘さんがいらっしゃるのですか？」

「はい。一人娘です。三十歳をとうに過ぎているんですが、いっこうに嫁に行く気配がありません」

「今は、あまりそういう言い方をしないほうがいいようです。結婚というのは本人の問題ですから」

「あ……。おっしゃるとおりですね……」

美紀も家を出ていく気配がない。そういえば、かつて付き合っている人がいたのだが、今はどうなっているのだろう。

無関心なわけではないが、内海副署長に言ったように、本人の問題なので、あまり考えないようにしている。相談を受けたときに真剣に考えればいい。

もう冴子は寝ているだろうか。

自宅に連絡を入れはぐれた。だが、竜崎が帰宅しないことを、冴子はわかっているはずだから、連絡の必要もないだろうと、竜崎は思った。

「部長はお休みになってください」

そのとき、内海副署長が言った。

捜査員たちが必死で調べ回っている。竜崎たち幹部は、ただ知らせを待つしかない。

「今、付近の防犯ビデオを解析しています」

「犯人が乗っていたという車の手がかりは？」

「ありません」

「犯人からの連絡はまだないんだな？」

「はい。小牧中隊長がそう判断しました」

「それは、ＳＩＳの判断か？」

「夫人が、行方不明であることは言ったようです。心配で連絡せずにはいられなかったのでしょう。ただ、誘拐だということは、まだ伝えないように言ってあります」

「その娘たちには連絡したのか？」

「はい。娘が二人。どちらも結婚しています」

「子供は二人か？」

「夫人と二人暮らしでした。子供たちは独立して、一人は東京、一人は横浜にいるようです」

「ご家族は何人だ？」

竜崎は尋ねた。

板橋課長が言った。「ご家族の方とも接触をして、指示を出しています」

「前線本部の用意が整いました」

竜崎は即座にこたえた。

「犯人から連絡があるかもしれません」

「何かあったら知らせに参ります。ですから……」

それを聞いていた板橋課長が言った。

「部長だけでなく、副署長にもお休みになっていただきたい」

竜崎は板橋に尋ねた。

「幹部がいるとやりにくいか？」

「そうですね。捜査員が余計な気をつかいますから……」

板橋は、歯に衣《きぬ》を着せない。それが彼のいいところだと、竜崎は思っている。そして、彼の言うことは、たいてい正しい。

竜崎は言った。

「じゃあ、副署長と交代で休むことにしよう」

内海副署長が言った。

「では、部長が先にお休みください。今、休憩所に案内させます」

その言葉に従うことにした。署員に案内されたのは、当直のときに寝泊まりする場所のようだ。他に人はいない。どんなところでも、寝られればありがたい。

捜査本部での興奮と緊張がまだ続いており、とても眠れないだろうと思った。しかし、蒲団に入るとほどなく眠ったようだ。

目を覚ましたのは午前四時だ。三時間ほど眠ったことになる。

捜査本部に戻り、内海副署長と交代した。

「どんな様子だ？」

竜崎が尋ねると、板橋課長がこたえた。

「動きはありません」

そのまま、朝を迎えた。


内海副署長が戻ってきたのが午前八時前だった。

午前九時頃、ＳＩＳの小牧中隊長が幹部席にやってきて言った。

「被害者の知り合いという人物が来ているのですが……」

板橋課長が尋ねた。

「事件の関係者か？」

「直接の関係者ではないようなのですが……」

「では、何なんだ？」

「誘拐事件だろうと言っているのです」

竜崎は板橋課長と顔を見合わせた。

竜崎は言った。

「誘拐であることは発表していないんだな？」

小牧中隊長がこたえた。

「していません」

板橋課長が尋ねる。

「どこか抜いた社があるのか？」

情報が洩れて、どこかの社が報道してしまったのではないかという意味だ。

「いえ、一切報道されていません」

「なのに、誘拐だと言っているのだな？」

板橋課長が言う。「ならば、事件の関係者なのではないか？」

「推理すれば、誰でもわかる。その人物はそう言っています」

「推理……？」

板橋課長が聞き返す。小牧中隊長がうなずく。

「はい。その人物も、被害者同様に、小田原市内に住む小説家らしいのですが……」

「小説家……。名前は？」

「梅林賢《うめばやしけん》と名乗っています」

板橋課長が竜崎に尋ねた。

「ご存じですか？」

「小説家のことなど、俺に訊いても無駄だ」

竜崎は、内海副署長に尋ねた。「どうです？」

内海副署長がうなずいた。

「知っています。たしかにそういう小説家がいます。北上輝記と親交があったはずです」

「有名なのですか？」

「ええ、北上輝記と同じくらい有名ですね」

板橋課長が小牧中隊長に尋ねた。

「その小説家が、何だと言ってきたんだ？」

「自分なら捜査の手伝いができる。そう言っているようです」

板橋課長が眉間《みけん》にしわを刻んで言った。

「追い返せ。探偵気取りの作家に何ができるというんだ」

小牧中隊長がこたえた。

「詳しく話を聞かなくてよろしいですね？」

「かまわない。帰ってもらえ」

小牧中隊長が一礼してその場を去ろうとする。

「ちょっと待て」

竜崎は呼び止めた。

小牧中隊長が足を止めて振り返る。

「何でしょうか？」

「何か事情を知っているかもしれない」

「は……？」

そう聞き返したのは、板橋課長だった。「ただの物好きですよ」

「誘拐だということを知っていたんだ」

「知っていたわけではないでしょう。本人が言っているとおり、推理したんじゃないですか？」

「どういうふうに推理したのか聞いてみたいとは思わないか？」

「思いませんね。いつ犯人から連絡があるかわからないので、手が放せませんよ」

「俺が話を聞こう」

「え……。部長が……」

「現場の仕事に、俺は必要ないだろう？」

板橋課長と小牧中隊長が驚いた様子で顔を見合わせた。

板橋課長が言った。

「まさか、そんなことは……」

「興味があるんだ」

「興味ですか？」

「小説家同士にしかわからないことがあるはずだ。それが捜査のヒントになるかもしれない」

「部長が面倒を見るとおっしゃるなら……」

板橋課長が言った。「ただし、捜査本部内に立ち入らせるわけにはいきません」

「参考人の事情聴取だと思えばいい」

「そうはいきません」

すると、内海副署長が言った。

「署内に部屋を用意させましょう」

署員を呼んで段取りさせた。

五分後に、竜崎が案内されたのは応接セットのある部屋だった。刑事部長と著名な作家が会うということで、署員が気をつかったのだろう。

梅林賢が先に来ており、ソファにゆったりと座っていた。

「神奈川県警刑事部長の竜崎です」

梅林賢は座ったまま言った。

「北上は誘拐されたのですね？」

竜崎は言った。

「おこたえするまえに、いろいろとお話をうかがわねばなりません」

「いいでしょう。何でも訊いてください」

竜崎は、テーブルを挟んで梅林賢と向かい合った。

3

「あなたも小説家なのですね？」

竜崎が尋ねると、梅林賢は言った。

「おや、そういう質問をされるということは、あなたは私の作品をお読みになったことがないのですね」

「はい。読んだことはありません」

竜崎がそう言うと、梅林賢は小さく肩をすくめた。

「ずいぶん堂々とおっしゃるのですね。普通はもっと、申し訳なさそうにするものですが……」

「そうなのですか？」

「まあ、そんなことはどうでもいい。ええ、私も小説家ですよ。もっとも、北上とはかなり違ったものを書いていますが……」

「違ったもの……？　小説ではないのですか？」

「小説にもいろいろありますからね」

「そのいろいろについて、説明していただけますか？」

梅林賢は戸惑った表情を浮かべた。

「それ、しゃべりはじめると、えらく長くなるかもしれませんよ」

「できるだけ簡潔にお話しいただけませんか」

「簡潔にね……。北上は軽みのあるスタイリッシュな文芸作品を書いています。私は、いわゆるミステリと呼ばれる作品を書いています」

「ミステリですか？　探偵役が出てきて事件の推理をする小説ですね」

「大雑把に言うとそういうことです。でも、おそらく私が書いているものはあなたが想像しているものとは違います」

「私が想像しているものがおわかりになるのですか？」

「だいたいわかりますよ。ミステリと聞くと、犯人当てのクイズのようなものを想像するのでしょう。トリックに凝っていて、理詰めで問題解決をするような作品です」

「そうではないのですか？」

「違うとは言いません。基本的には、犯人探しの話が多いので……。しかし、クイズやパズルでは、文学賞を取ることはできない。だから、私たちは戦ってきたのですよ」

「戦ってきた……？」

「そうです」

「誰と戦ってきたのですか？」

「北上のようなやつらとですよ」

「おっしゃることがよくわかりません」

梅林賢は、笑みを浮かべて竜崎を見ている。面白がっているようにも見える。だとしたら、何が面白いのだろうと、竜崎は思った。

自分の話に困惑している竜崎を見るのが楽しいのか。それとも、会話自体を楽しんでいるのか……。

どうも前者のような気がしていた。

「北上はね、いつか私にこう言ったんですよ。そろそろ普通の小説を書いたらどうだって……」

「普通の小説？」

「つまり、有名な文学賞を取るような小説のことです。もっと有り体に言えばね、北上が書いているような小説のことです」

「北上さんはどのような小説を書かれているのですか？」

「ほう。あなたは公平な方ですね」

「どうしてです？」

「私の作品だけじゃなく、北上のも読んでいないのですね？」

「読んでいません」

「小説なんて、そんなもんですよねえ」

「そんなもんとおっしゃいますと？」

「北上は有名な作家です。この私もそこそこ有名だと自負しています。それでもなかなか自分の作品を読んだという人とは出会えない」

「私が小説をあまり読まないというだけのことです。世の中には、北上さんやあなたの小説を読んでいる人はたくさんいるでしょう」

「北上は、いわゆる文芸作品というやつを書いています。純文学と呼ぶ人もいますが、私はこの言い方が好きではない。じゃあ、私が書いているのは不純文学なのかと言いたくなる」

「純文学ですか……」

「娯楽性よりも芸術性に重きを置いた文学だって言うんだけど、これも人をばかにした話でしてねえ」

「はあ……」

「娯楽性と芸術性がまるで対立するような言い方じゃないですか。そんなことはない。洗練された娯楽が芸術性を帯びることがありますし、そもそも芸術性なんてどこに潜んでいるかわからない。娯楽作品だ大衆文学だと言われている作品にも芸術性はあるんです」

「つまり、あなたは北上さんと対立なさっているということなんですね？」

「立場は違います。それを対立と呼びたいのならそうすればいい」

「北上さんがいなくなるのは、あなたにとって都合がいいことですか？」

「ああ、都合がいいですね。あんなやつ、いなくなればいいのにと、何度思ったことか。でもね、私は彼を誘拐したりはしない」

「そのことなのですが……」

「そのこと……？」

「我々はまだ、北上さんが行方不明になっていることを発表しておりません。当然、誘拐だなどとは一言も言っていないのです」

「でも、誘拐なんでしょう？」

「その質問にはおこたえしかねます」

「北上みたいに恰好《かっこう》つけなくてもいいですよ」

「恰好をつける？」

「ええ。文体も取り上げるモチーフも、会話も、北上はすべて恰好をつけているんです。それに読者がコロリと騙《だま》されています。だいたいですね、六十過ぎた男が一人称に『僕』を使うんですよ」

「あなたは何と……？」

「私は一人称で小説は書きません」

「そうなのですか？」

「客観性を保証するために三人称、つまり『彼』『彼女』『彼ら』を使います」

「ほう……」

「あるいは、人名を使い、『梅林は』とか『梅林が』というように書きます」

「北上さんは一人称であなたは三人称……。それに意味があるのですか？」

「もちろんあります。北上が一人称を使うのは、私小説の伝統のせいでしょう」

「ワタクシ小説……？」

「本来はシ小説と読むんですが、わかりやすいようにそういう言い方をします」

「私小説……。自分のことを書いた小説のことですね」

「そうです。明治時代に純文学が確立するわけですが、それ以降、自然主義が大はやりとなり、いつしか文学の主流は私小説ということになってしまいました」

「自分のことや身辺のことを書くのなら、日記と変わりませんね」

この竜崎の言葉に一瞬、梅林は唖然《あぜん》とした表情になり、次の瞬間に笑い出した。実に愉快そうだった。

「いやあ、部長さんは慧眼《けいがん》をお持ちだ。へたな文芸評論家よりも的を射たことをおっしゃる」

「思ったことを言っただけです」

「おっしゃるとおり、日記と変わらんのです。それをありがたがるのがおかしい」

「しかし、芸術性があるんですよね？」

梅林賢は顔をしかめた。

「恰好つけてるだけですよ。我々エンタメの作家はもっとシンプルに考えます。事件に遭遇した人々がどんな振る舞いをするのか。そして、何を思うのか。それを淡々と書き進めるのです。文学性や芸術性は、狙って書くものじゃないんです。そうした行動や思考の記述の上に、自然に香り立つものなんです」

「失礼……。エンタメとは何です？」

「エンターテインメントのことを縮めてそういうのです」

「しかし、北上さんには多くの読者がいらっしゃるのですよね」

佐藤本部長までがファンだと言うのだ。

梅林賢は再び顔をしかめた。

「また文学賞を取りましたしね」

「有名な賞なのですか？」

「ええ。世の中の人の大半が知っている賞です」

「それについて、あなたはどう思われますか？」

「そりゃあ面白くないですよ。私たちが書くミステリは、長い間、文学賞の対象にはならなかったのです。だから、私たちは戦った。ミステリを、北上が言う『普通の小説』にしようと必死で試行錯誤をしました。その結果、ミステリは社会性を帯びて、実際に文学賞を受賞できるようになったのです」

「文学賞を受賞することがそれほど大切なのですか？」

梅林賢は、虚を衝かれたように、一瞬ぽかんとした顔になった。

「そりゃそうです。ミステリが社会的に認められたということですから……」

「賞をもらうということと、社会的に認められることはイコールではないでしょう。むしろ、沢山売れることのほうが、社会的に認知されたということになるんじゃないですか？」

「売れればいいというもんじゃないんです。北上のやつはえらく売れていて、たしかに私は悔しいと思うこともありましたが」

「北上さんに対して妬《ねた》みがあったということですね」

「部長さん……」

梅林賢は、しみじみとした口調で言った。

「それが小説家ってもんです。小説家はね、小さいパイをみんなで奪い合っているんです。売れたやつを妬むのは当たり前です。逆に、妬んだり悔しがったりしないやつは、プロとして生き残れませんよ」

「あなたは、北上さんがいなくなればいいと思っておいででしたし、妬みの気持ちもあったということですね」

「私は協力するためにここに来たのです。被疑者扱いするのなら、逮捕状を持ってくるんですね」

「申し訳ありません」

竜崎はできるだけ丁寧に謝った。「警察官は人を疑うのが仕事ですから」

「犯人の目星はついているのですか？」

「捜査情報は洩らせません」

「いつ、どうやって誘拐されたのですか？」

「ですから……」

竜崎は辛抱強く言った。「誘拐などという事実は公表されていません」

「わかりました。では、北上はいつどのようにして姿を消したのですか？」

「言葉を変えただけで、同じことを質問されていますね。では、こちらも同じことをおこたえします。捜査情報を外部に洩らすわけにはいかないのです」

「じゃあ、内部の人にしてください」

「内部の人に……」

「捜査本部ができたのでしょう？　私をその捜査員に加えてください」

「それはできません」

「なぜです？」

「捜査員は警察官でなければなりません」

「警察官でない人たちが捜査に加わることがあるでしょう。医者とか技術者とか……」

　ミステリ作家というからには、警察の事情にも詳しいのかもしれない。

「専門的な技術を持った人が特別に捜査に参加することはあります。特に最近ではランサムウェアによる企業への攻撃が増えているので、サイバー担当者が捜査に加わることもあります」

「私は、専門的な知識を持っていると思いませんか？」

「専門的な知識……？」

「そうです。北上が姿を消した経緯を教えていただければ、私はそれをもとに、推理をして差し上げることができます」

　竜崎は苦笑した。

「まるで、警察の捜査員が、推理などできないような言い方ですね」

「そうは申しておりません。いろいろな見方が必要だと思うのです」

　竜崎はうなずいた。

「実は、捜査一課長はあなたを追い返せと言ったのですが、私は興味があってお目にかかってみたかったのです。その興味というのはまさに、小説家というお立場からの推理やアドバイスなのです」

　梅林賢は、にっこりと笑った。

「どうやら部長さんは、とても正直でなおかつ好奇心の旺盛な方のようですね」

「人並みだと思いますが」

「世間で話題になっていないことが、逆に私が誘拐事件なのではないかと考える根拠になったのですよ」

「どういうことでしょう」

「北上の姿が見えなくなった。ふらりと姿を消すことくらいはあるでしょうが、一晩無断で家を空けるというのは、やっぱり異常です。彼はそれなりの有名人だし、大きな文学賞を受賞したばかりです。マスコミが何も言わないのは妙です。ああ、これは情報が秘匿されているなと思うのが当然じゃないですか。情報が秘匿される理由はすぐにわかります。つまり、誘拐です」

「もし誘拐だとしたら、きわめて深刻な事態です。北上さんのことが心配ではないのですか?」

「もちろん心配です。でも、私には対処することはできない。それは警察に任せるしかないと思っているのです」

「なるほど……」

竜崎は言った。「北上さんの行方がわからなくなったというのは、どうやってお知りになったのですか。警察はその事実も発表していないはずです」

「奥さんから電話があったんですよ。北上の行方を知らないかってね」

そういうことかと、竜崎は思った。

家族に口止めをするのが遅れたということだ。当然、SIS等の担当者は家族に、誘拐のことを洩らさないように注意しているはずだ。だが、SISが夫人と接触する前に、夫人は梅林に電話をしてしまったということだろう。

警察に届けを出す前に、心当たりに尋ねてみるというのは、通常の行動だ。

竜崎は尋ねた。

「そのことを、誰かに話しましたか?」

「一般的な疑問だと思います。警察でも、盗犯担当の者が殺人事件を捜査することは滅多にありません。一般に言われる大衆文学と純文学ですね」

「いやあ、部長さんはやはり鋭い。出版界の事情にも通じていらっしゃるのですね」

「その編集者はその両方を担当されているということですか？」

「ええ。一般に言われる大衆文学と純文学ですね」

「あなたと北上さんは違うものをお書きだということですね」

「私と北上の両方を担当しています」

「あなたの担当者ということですか？」

「興濤社《こうとう》という出版社の文庫担当者です。赤井章助《あかいしょうすけ》といいます」

「編集者……？」

「私も北上の行方が気になったのでね、編集者に電話してしまいました」

「ただ？」

「心得ていますよ。ただ……」

「こういった事件の捜査は細心の注意を要求されます。ですから、まだしばらくの間は秘匿しておく必要があります」

竜崎はうなずいた。たしかに立場は違うが、梅林は、事件や警察の捜査については詳しいのだろう。

「私も事件を扱うのが仕事です。もちろん口外はしていません」

「そのどちらもです」

「そのこと？　奥さんから電話があったことですか？　それとも誘拐事件だということですか？」

ません」

「どこにでも頭のいい人はいるんですねえ。県警本部の部長ということは当然キャリアですよね」

「そうです」

「では東大法学部ですか？」

「はい」

「やっぱりなあ……。東大は伊達じゃないですね」

「もちろんです。日本最高の教授陣と研究機関があるのです」

「落ちこぼれの生徒を弁護士の先生が東大に入学させるというドラマがありましたが、実際にはあんなことはあり得ませんよねえ」

「あり得ません」

「私たち娯楽小説の作者は、どうやったらうまい嘘がつけるか、日々苦心惨憺《さんたん》なんです。人々はこうありたいという願望を抱きます。一方、私たちはリアリティーを求めます。この大衆の願望とリアリティーのせめぎ合いの中に、私たちがいるのです」

「落ちこぼれが東大に入るのは大衆の願望だということですね？」

「そうです。だが、願望のほうに大きく振れてしまえば、リアリティーがなくなる。そのバランスが重要なんです」

「東大に関して言えば、高校三年の追い込みでどんなに頑張っても、合格することは不可能です。中学校時代に受験を意識した勉強をスタートしていなければなりません。さらに高校時代に、予備校などに通うことでようやく合格にこぎ着けられるでしょう」

「でもね。私たちは、大衆の夢を無視はできないんですよ。勧善懲悪の小説はいつまで経ってもなくならない。それは、大衆が求めているからです」

「大衆に迎合するということですか？」

「いやあ、やっぱり手厳しいな。いや、迎合ではありません。私たちは、そこでも戦いを強いられるのです」

「そこというのは？」

「読者との戦いです。大衆の願望を酌むと、あなたが言われたとおり、迎合ということになりかねない。他方で、独自性を追求すると、独善的だと言われるのです。そこで、私たちは、最大公約数を探そうとする。しかしね、そういう企みはたいてい失敗します。結局、何も考えずに好き勝手書いたほうが受けがよかったりします。その辺の兼ね合いが、私にはいまだにわからない」

「どのくらい今のお仕事を続けておられるのですか？」

「四十年近くなります」

「にもかかわらず、兼ね合いがわからないと……」

「小説家はそんなものです。もしかしたら、死ぬまでわからないかもしれない」

それぞれの世界に、独自の苦労があるのだなと、竜崎は思った。

4

「それで、その編集者ですが……」

「赤井ですね」

「確認しますが、その方はあなたと北上さんの両方を担当しているのですね？」

「文庫編集部なのでね。雑誌編集者や単行本の編集者が、私と北上の両方を担当することはないと思います。しかし、文庫はちょっと事情が違う」

「なぜです？」

「たいてい、すでに出版されている本を文庫化しますから」

「電話したときの赤井さんの反応は？」

「北上と連絡を取ってみると言っていました」

「連絡を取られたのでしょうか？」

「さあ、どうでしょう。赤井からはそれきり連絡がありません。北上を捕まえられなかったんでしょう。何せ、誘拐されているんですから……」

「繰り返しますが、警察は誘拐とは言っておりません」

「ああ、そうでしたね。気をつけます」

「赤井さんに連絡してみますが、よろしいですね」

「警察が連絡を取るのに、私の許可は必要ないでしょう」

「いちおう、断っておこうと思いまして……」

「携帯の番号をお教えしますよ」

メモ用紙にそれを書き終えると、梅林は言った。

「それで、いつから捜査本部に来ればいいですか？」

「ですから、捜査本部にお招きするわけにはいかないのです」

「では、協力のしようがありませんね」

別にこちらから協力を求めたわけではない。竜崎はそう思ったが、それを言っても物事は進まない。

「私が直接ご連絡を差し上げます」

「ほう。刑事部長が直々に」

「はい」

「では、私の携帯番号も書いておきましょう」

梅林はメモを差し出すと立ち上がった。

「連絡をお待ちしていますよ」

梅林が部屋を出ていくと、竜崎は携帯電話を取り出した。興濤社の赤井に電話してみようと思ったのだが、ふと思い直した。

電話していいかと、板橋課長に相談すべきだと思ったのだ。竜崎が勝手に関係者と接触すると現場に迷惑をかけることになりかねない。

竜崎は部屋を出て講堂の捜査本部に戻った。

幹部席に着くと、竜崎は隣にいる板橋課長に赤井のことを告げた。

「編集者ですか？」

「事情を聞くべきだろうか」

「そうですね。捜査員に連絡させましょう」

「わかった」

赤井のことは、板橋に任せることにした。

時計を見ると、午前十時半になろうとしている。一度自宅に電話を入れておこうと思った。

「今、小田原？」

冴子が電話に出てそう尋ねた。

「そうだ。小田原署にいる。状況次第では今夜も帰れないかもしれない」

「わかった」

「邦彦はどうしてる？」

「それがね……」

「何かあったのか？」

「今、電話だいじょうぶ？」

「だいじょうぶだ」

「大学を辞めると言い出したのよ」

竜崎は驚いた。

先ほど梅林と東大に入る大変さについて話をしたばかりだ。

「苦労して入ったのに、いったいどういうことだ？」

「ポーランド留学で、いろいろ考えたようよ」

「何を考えたんだ？」

「あっちの大学では、かなり実践的に映画作りを学んだらしいの」

「撮影中のスナップがSNSに投稿されていたな」

「大学で勉強するより、一日も早く映像の世界に入るべきだと考えたようね」

「あせったっていいことはない」

「それ、邦彦に言ってやってよ」

「わかった。できるだけ早く話をしよう」

「そうしたほうがいいと思う」

「また連絡する」

竜崎は電話を切った。

東大以外の大学に進学する意味はない。そう言って、私立大学に合格していたにもかかわらず、浪人させて東大を受験させたのは竜崎だ。

いろいろあったが、とにかく邦彦は頑張って東大に入学した。なのに大学を辞めたいという。

さすがに竜崎はどうしていいかわからなくなった。

東大以外に意味はないというのは、言い過ぎだと自覚していた。だが、自分自身で通い、大学に行くなら東大だという実感があった。

梅林に言ったとおり、東大には最高の教授陣と研究機関がある。教育機関としてこれ以上の環境はない。豊かな人脈もある。

その恵まれた環境を、努力次第で享受できるのだ。スポーツや芸術の世界ではそうはいかない。どんなに努力してもプロスポーツの世界で活躍できる人は限られている。音楽や美術の世界でもそうだ。体格や才能といった努力では補えない要素がものをいう世界だ。

だが、大学受験はある程度平等だ。誰でも努力すれば合格することは可能なのだ。

「どうしました？」

板橋課長が竜崎に尋ねた。「ご自宅で何かありましたか？」

「息子がな、大学を辞めたいと言っているようだ」

板橋課長は、小さく肩をすくめただけで何も言わなかった。


午前十一時頃、「気をつけ」の号令がかかった。制服姿の人物が幹部席に近づいてくる。

内海副署長が言った。

「兵藤署長です」

板橋課長が立ち上がったので、竜崎もそれにならった。

「竜崎刑事部長ですね。昨日は臨席できず、失礼をしました」

竜崎は言った。

「別に失礼なことはありません。捜査本部の動きにも支障はありませんでした」

「そうは言われましても、捜査本部ができたら、その警察署の署長が副捜査本部長になるというのが通例ですから……」

「北上輝記の行方不明者届に気づいたのは、副署長だそうですね」

兵藤署長は、内海副署長をちらりと見た。

「ええ。おっしゃるとおりです」

「そのおかげで、誘拐であることが判明したわけですね」

「いや……」

内海副署長が慌てた様子で説明した。「誘拐だとわかったのは、車両で連れ去られるところを目撃した人がいたからで……」

竜崎は言った。

「行方不明者届に気づいていち早く捜査を開始していたので、目撃者を見つけることができたのではないですか？」

内海副署長は、まるで叱られたかのような顔になってこたえた。

「それはまあ、そうかもしれませんが……」

竜崎は兵藤署長に言った。

「このまま内海副署長に捜査本部にいてもらったほうが合理的だと思います」

兵藤署長が、少々むっとした顔になって言った。

「それは、私に用はないということですか？」

へそを曲げようが知ったことではないと思ったが、捜査本部というのは所轄に大きな負担をかけるので、署長は懐柔しておいたほうがいいと、竜崎は判断した。

「私も署長の経験があります」

「うかがっております。大森《おおもり》署長でしたね」

「ですから、署長がいかに多忙かをよく心得ています。ここは、副署長にお任せになってはいかがかと思いまして……」

兵藤署長がうなずいた。

「そう言っていただくと助かります。どうやら内海副署長は北上輝記を愛読しているようですし、私よりも副捜査本部長は適任かもしれない」

「では、そういうことで……」

竜崎はそう言ったが、兵藤署長は席を立とうとしなかった。

「状況を把握するために、しばらくここにいてよろしいですか？」

竜崎は「もちろんです」とこたえた。


北上輝記の自宅には、まだ犯人からの接触はない。身代金の要求もないということだ。

兵藤署長と内海副署長が小声で何事か話し合っている。二人とも難しい顔だ。

竜崎は二人に尋ねた。

「何か問題でも？」

兵藤署長がこたえた。

「記者たちです。捜査員が講堂に集まっていることにはすでに気づいています。署員にしつこく質問をしてくるはずです」

「副署長以外には声を掛けるなと言ってください。そして、副署長は決して誘拐のことを洩らさない。それを徹底するのです」

内海副署長が言った。

「しかし、いつまで秘密が守れるかわかりません」

「守っていただきます。署員たちに、記者とは話をするなと言ってください。情報の窓口を副署長だけに絞るのです。それでも洩れたら、報道協定です」

内海副署長は緊張の面持ちで「わかりました」とこたえた。

副署長が記者対応をするのはどこの警察署でも同じだが、今回は他の署員と記者との接触を禁ずるのだ。それでも洩れるときは洩れる。

誘拐事件なのだから、へたに報道すれば被害者の命に関わる。そこは良識に期待したいところだが、マスコミに良識を期待しても無駄だと竜崎は思っている。

競争しか頭にない報道各社は、後先考えずに抜こうとする。

洩れたときは、その対応を考えなければならない。

午前十一時半になると、仕出し弁当が配られた。これは小田原署の配慮だ。弁当など出ない捜査本部もある。その対応はまちまちだ。

竜崎は席を立ち、人気《ひとけ》のない場所に移動した。そこで携帯電話を取り出してかけた。電話の相手は、警視庁の伊丹《いたみ》刑事部長だ。

「何だ？」

「おまえ、北上輝記って知ってるか？」

「北上輝記がどうかしたのか？」

「有名らしいので、おまえが知っているかどうか訊いてみたんだ」

「もちろん知っている。何冊か読んだことがある。おまえは知らないのか？」

「読んだことはない。そうか。おまえまでが読んだことがあるというのだから、そうとうに有名だということだな」

「おまえまでが、という言い方がなんだかムカつくな。俺は読書家だぞ」

「本部の部長に読書の時間があるとは思えない」

「時間は作るものだ」

伊丹は時々、こういう利いた風なことを平気で言う。

「梅林賢は？」

「おお、梅林賢」

伊丹の声が高くなった。「俺、大ファンなんだ」

「本当か」

「こんなこと、嘘ついてどうする。面白いんだよ、梅林賢。昔はアクションものなんて書いていたんだけど、最近は社会派ミステリを書いているな。刑事を主人公にした作品もあった。作品によって伝奇的な味付けがあったり、人情ものだったり、冒険小説だったり、バラエティー豊かで、楽しめる」

「ほう……」

「読み出したら止まらない。忙しいのについ朝まで読んじまったこともあったな」

「彼に会った」

「会った？　梅林賢に会ったということか？」

「そうだ」

「えー、何でだよ。何でおまえが会えるんだよ」

「彼は神奈川県警の管内に住んでいる」

「たしか、小田原だったよな。何か事件絡みか？」

「それは言えない」

「何だよ。俺も会いたかったな」

「いつか機会があるかもしれない」

「俺も会えるってこと？」

「約束はできないが」

「ぜひ何とかしてくれ」

「考えてみる」

「もっと話していたいが、ちょっと立て込んでいてな……」

「事件か？」

「殺人だ。死体が発見されたばかりで、捜査はこれからだが……」

「殺人……」

「そう。こっちは殺人で、そっちは梅林賢かよ。うらやましいこった」

電話が切れた。

席に戻ると、竜崎は板橋課長に尋ねた。

「警視庁管内の殺人事件について、何か知ってるか？」

「殺人ですか？　いえ。こちらの事案で手一杯ですから」

「そうか」

「必要なら問い合わせますが……」

「いや、いい。参事官に訊いてみる」

竜崎は警電に手を伸ばし、受話器を上げて県警本部にかけた。

「阿久津参事官を頼む」

ほどなく阿久津参事官が出た。

「どうされました？」

「警視庁管内で殺人があったということだが、事情を知っているか？」

「男性が自宅アパートで刺殺されたということですが、詳しいことはまだ入ってきていません」

「ちょっと調べておいてくれないか」

「承知しました」

「理由は訊かないんだな」

「刑事部長に殺人について調べろと言われて、理由を尋ねる必要はないでしょう」

「伊丹に訊けば済むことだが、向こうも忙しそうだったのでな……」

「伊丹部長と連絡を取られたということですか？」

「電話した」

「その理由は尋ねたくなりますね」

「北上輝記や梅林賢のことを訊いてみようと思ったんだ。あいつは俺よりそういうことに詳しいはずだ」

「北上輝記のことを尋ねたのですか？」

「もちろん、誘拐のことは言っていない」

「しかし、勘のいい人なら異変に気づくでしょう」

「あいつは、北上輝記よりも梅林賢のことを気にしていた」

「どうして、梅林賢のことを伊丹部長に……？」

「彼が小田原署を訪ねてきた」

「梅林賢がですか？　何のために？」

「協力を申し出てくれた。北上輝記の同業者だから、参考になることがあるかもしれない」

「そうですか。しかし……」

「しかし、何だ？」

「思わぬところから情報が洩れるものです。伊丹部長に北上輝記のことをお尋ねになったというのが気になります」

「もしかしたら、俺のミスかもしれない」

「そうは申しませんが……」

「洩れたときのことを考えておいてくれ」

「報道協定ですね」

「それも含めて、あらゆることを考えてほしい」

警察署のマスコミ対応が副署長の役目なら、警察本部においては参事官の役目だ。

「承知しました」

阿久津参事官が言った。「ところで……」

「何だ？」

「伊丹部長が、北上輝記よりも梅林賢のことを気にしていたというのは、どういうことでしょう？」

「ああ、あいつは梅林賢のファンなんだそうだ」

「そういうことですか」

「君は、北上輝記や梅林賢を読んだことがあるのか？」

「あります」

「本部長は北上輝記のファンで、伊丹は梅林賢のファンだという。君もそうなのか？」

「梅林賢の作品は好きですね」

「読んでみたほうがいいだろうか」

「捜査には必要ないでしょう」

「そうだな」

「では、警視庁の件を調べておきます」

「ああ。マスコミ対応についても頼む」

「はい」

竜崎は受話器を置いた。

それを待っていたかのように、板橋課長が言った。

「ＳＩＳの小牧中隊長が言っているのですが……」

「何だ？」

「誘拐の実行が一昨日の午後五時。それからすでに四十三時間ほど経過しています。この時点で犯人から接触がないのは不自然じゃないかと……」

「不自然……？」

「はい。身代金目当ての犯行などではないかもしれないと、小牧は言っています」

「それで、どうする？」

「四十八時間経過してなお動きがないようなら、何か手を打たないと……」

「わかった。所要の措置を取ってくれ」

こういうことは幹部が口を出すよりも現場に任せたほうがいい。

板橋課長がこたえた。

「了解しました」

それにしても、と竜崎は思った。

営利誘拐でないとしたら、犯人は何のために誘拐したのか。有名小説家ともなれば、いろいろな事情が絡んでくるだろう。

梅林賢の意見を聞いてみようか。ふと、そんなことを思った。

5

板橋課長は難しい表情で何ごとか考えている様子だ。捜査員たちからの知らせをじっと待っているのだ。

北上輝記の自宅に詰めているＳＩＳからの知らせもない。捜査が停滞しているように見える。

竜崎は、携帯電話を取り出して梅林賢に電話をした。

「やあ、部長さん。何かありましたか？」

捜査本部内の緊張感とは対照的で、その口調はのんびりとしている。

「ご意見をうかがいたいと思いまして」

「どんなことでしょう」

「電話では話しにくいので、またこちらにいらしていただけませんか？」

「すぐに、ですか？」

「できれば」

「昼時ですよ。話があるなら、さっき言ってくれればよかったのに……」

「事態は刻々と動きますので……」

「まあ、来いと言われれば行きますがね……」

「お待ちしております」

竜崎は電話を切った。

それから三十分ほど経つと、係員がやってきて来客だと告げた。先ほど話をした部屋に案内するように言い、竜崎もそこに向かった。

梅林賢は、ソファにどっかと座っていた。先ほどと同様に、向かい側の席に腰を下ろした竜崎は言った。

「犯人からまだ連絡がありません」

梅林賢は、意外そうな顔で言った。

「挨拶とかはなしなんですね？　呼びつけたことへの詫びとか……」

「挨拶は先ほど済ませました」

「余計な話をしないのは気に入りました」

「誘拐したのに、何の連絡もないというのはどういうことでしょう」

「ほう。誘拐だと認めるわけですね？」

「ここだけの話です。他言無用でお願いします」

「なぜ犯人から連絡がないか。それは、警察が考えることでしょう」

「もちろん考えています。その上で、ご意見をうかがいたいのです」

「連絡すると警察に手がかりを与えることになりますよね」

「電話がかかってきたら、相手の位置情報を特定しようとします。通話内容から犯人の手がかりがつかめることもあります」

「そんなリスクがあるんじゃ、連絡したくないのは当然です」

「それでは、何のために誘拐をしたのかわかりません。身代金は手に入らないし……」

「金目当てではないのかもしれません。だとしたら、連絡する必要はないでしょう」

これは、ＳＩＳの小牧中隊長と同じ意見だ。

「金でなくても、何か目的があるはずです。それを伝えないと、誘拐の意味がありません」

「北上を怨んでいるやつの犯行かもしれません」

「怨んでいる人に心当たりがおありですか？」

梅林はかぶりを振った。

「いや、そんな心当たりなどありません。でもね、人間、どこで誰に怨みを買うかわかりません。特に著名人はね」

「もし、怨みを持った者の犯行だとしたら、殺害が目的でしょうか」

「さあ、どうでしょうね……。誘拐と殺人と、どっちが面倒だと思います？」

竜崎はしばらく考えてからこたえた。

「どちらも同じくらい面倒です。犯罪は割りに合わないのです」

「もちろんそうでしょうが、単純に考えると、殺人のほうが手間がかからないんじゃないですか？」

竜崎はまたしばらく考え込んだ。

「一概にそうとは言い切れません。小説の世界とは違うのです」

「もし、北上に怨みを抱いているとして、私なら誘拐などせずに、刃物でぶすりとやりますね。

そして、すぐに姿をくらまします」

「なるほど……」

「誘拐犯は車を持っていたのでしょう」

白っぽいワンボックスカーのことはもう報道されているのだろうか。確認できていないので、うかつに返事はできない。

竜崎は言った。

「おこたえできません」

「もし、車を持っていたとしたら、殺害してすぐに逃げられる」

「では、殺害が目的ではないと……」

「痛めつけるのが目的かもしれない。まあ、結果的に殺してしまうことになるでしょうけどね」

「誘拐して痛めつけ、結果的に殺害する……」

竜崎は考えながら言った。「そうだとしたら、相当に憎んでいるということですね」

「そうでしょうね」

「それほど憎んでいるのなら、今回の犯行に至る前に、北上さんと何かトラブルがあってしかるべきですよね」

「トラブルねえ……」

「憎悪のきっかけになった出来事があるでしょうし、北上さんを非難するようなことがあってもおかしくはありません。そういうトラブルについて、何かお聞きになったことはありませんか？」

梅林は首を横に振った。

「聞いたことはありませんね。あいつ、恰好つけてて鼻につくけど、どこか憎めないやつでね。あまり敵はいなかったと思う」

「筆禍事件とかはなかったのですか？」

「筆禍事件ねえ……。今どき、そういうのないですよ。ネットの炎上のほうが影響大きいでしょう。そういう世の中です」

「では、怨恨や憎悪が理由で誘拐されたという可能性は低そうですね」

「そうですね。あるいは……」

「あるいは？」

「熱狂的なファンによる犯行かもしれません」

「そんなことがあり得ますか？」

「『ミザリー』という映画はご存じですか？」

「観たことはないですが、あらすじは知っています。たしか、人気作家が作品のファンに拉致されて、その女性が気に入るように小説を書かされるのですね」

「アニーというその女性が殺人鬼だったりと、まあ娯楽的な趣向が凝らされているわけですが、恐ろしいのはそこではない。逃げられない状況で、だめだしをされながら原稿を書くことが、私にとっては本当に恐ろしい」

「まあ、そうでしょうね」

「『ミザリー』のようなことが、北上の身に起きたのかもしれません」

「あまり現実的な意見とは思えませんが……」

「私にとっては、怨恨や憎悪よりもリアリティーがあるのですがね……」

その言葉にどうこたえようかと考えていると、ドアをノックする音が聞こえた。竜崎が返事をすると、先ほどと同じ係員が顔を出して、さらに来客だと告げた。

「来客？」

「編集者の方だそうです。赤井と名乗っていますが……」

すると、梅林が言った。

「ああ、興濤社の赤井ですよ」

「文庫担当の……」

「そうです」

竜崎は係員に、赤井をこの部屋に案内するように言った。

三分ほど後に、係員は赤井を連れてきた。

「おお、赤井。なんでここに来たんだ？」

梅林の言葉に、赤井は驚いた様子でこたえた。

「梅林さん……。あなたこそ、どうしてここに……」

「俺はね、捜査本部の一員なんだよ」

「え……」

赤井は心底驚いた様子だった。「それは本当ですか？」

「そうではありません」

竜崎は言った。「ここで事情をうかがっていただけです」

赤井は竜崎を見て言った。

「警察の方ですか？」

それにこたえたのは、竜崎ではなく梅林だった。

「こちらはね、神奈川県警の刑事部長さんだよ。竜崎部長だ」

竜崎は言った。

「梅林さんには、北上さんの同業者として事情やご意見などをうかがっています」

梅林が赤井に言った。

「俺に会いにきたわけじゃないだろうな」

「梅林さんがここにいらっしゃるなんて思ってもいませんでした。北上さんがどこにいるか心当たりはないかと、警察からの問い合わせがあり、どういうことかと思い、来てみたんです」

板橋課長が、捜査員に連絡させたのだろう。

竜崎は赤井に尋ねた。

「私を訪ねていらしたわけではないのですね？」

「ええ。私は刑事部長さんのことは、存じ上げませんので……」

「では、なぜあの係員はあなたがいらしたことを、私に知らせにきたのでしょう」

「さあ……」

赤井が言った。「受付で北上さんの件だと言ったら、しばらく待つように言われ、それからここに案内されたんです」

おそらく、あの係員は最初に捜査本部に知らせに行ったのだろう。そこで、板橋課長が竜崎に知らせるように命じたに違いない。

梅林が言った。

「それで、北上の行き先に心当たりはないのか？」

「ありません」

「最後に彼に会ったのはいつだ？」

「授賞式です」

竜崎は確認した。

「北上さんが最近受賞したという文学賞の授賞式ですね？」

「そうです」

「それはいつのことです？」

「八月二十三日金曜日です」

梅林が感心したように言った。

「よく覚えているなあ」

「そりゃあ、編集者ですから」

竜崎は梅林に尋ねた。

「あなたは授賞式には出席されなかったのですか？」

「何でですか？　私が受賞したわけでもないのに……」

「親しくされている方が受賞されたのですから、お祝いに駆けつけるものなのではないですか？」

それにこたえたのは赤井だった。

「畑が違いますので……」

竜崎は聞き返した。

「畑が違う？」

「ええ。北上さんは純文学で、梅林さんはエンターテインメントですから……」

「ああ、そういうことですか」

警察でも「畑」という言い方をする。「捜査畑」とか「警備畑」という言い方だ。

「すると……」

竜崎は赤井に言った。「北上さんに最後に会われたのは、一ヵ月ほど前ということになりますね？」

「ええ、そうです」

「その間、連絡を取りましたか？」

「いいえ」

「担当者なのに、一ヵ月も連絡しなかったのですか？」

「担当と言ってもね」

梅林が言った。「文庫担当だからね。新たに文庫を出すとき以外に、用事はないんです」

赤井が付け加えるように言った。

「北上さんは、とてもお忙しそうでしたし……」

「受賞されたからですか？」

「ええ」

梅林が説明した。

「大きな文学賞をもらったりするとね、その直後から、エッセイだ対談だ講演だと、やたらに忙しくなるんです」

「経験がおありですか？」

赤井が慌てた様子で言った。

「そりゃあ、梅林さんだっていくつも受賞歴がおありですから」

竜崎は赤井に尋ねた。

「北上さんが誰かの怨みを買っていたというようなことはありませんか？」

「ないと思います」

梅林が言った。

「勝手に逆怨みするやつはいたかもしれないがね。名前が売れるというのは、そういうものですよ」

竜崎は尋ねた。

「あなたを逆怨みしている人もいるということですか？」

「いるかもしれないが、私は北上ほど有名じゃないんでね……」

竜崎は赤井に訊いた。

「そうなのですか？」

「は……？」

「梅林さんが北上さんほど有名じゃないというのは、本当のことですか？」

「いえ、そんなことはないと思います。梅林さんも有名です」

梅林は苦笑した。

「正直に言っていいんだよ。北上輝記の名前は海外でも知られているが、俺は海外では無名だ」

赤井が言った。

「それはジャンルが違うからですよ」

捜査にとってはそれほど意味のある話とは思えなかったが、興味があるので、竜崎は黙って二人の話を聞くことにした。

「ジャンルの問題じゃないよ」

梅林が言った。「作家個人の問題だ」

「梅林さんは間違いなく人気作家です」

「それがいつまで続くかね……」

「だいじょうぶですよ」

「無責任なこと言うなよ。だいじょうぶだなんて、誰にも言えないじゃないか」

「わが社での売れ行きを見ても、当分は安泰です」

「新人がどんどんデビューしてくる。そいつらと、小さなパイを奪い合わなきゃならないんだ。一方、俺は年を取ってどんどん体力がなくなっていくんだ」

「梅林さんが言われるほど、出版界のパイは小さくないです」

「本は売れなくなってきているじゃないか」

「梅林さんの本は売れてます」

「お話をうかがっていると……」

竜崎は言った。「どうも、梅林さんがご自分のことを過小評価なさっているように聞こえるのですが……」

赤井が何度もうなずいた。

「おっしゃるとおりです」

すると、梅林が言った。

「不安なんだよ」

竜崎は尋ねた。

「何が不安なのですか？」

「私たちはね、保証なんて何もないんだ。売れなくなったら終わり、書けなくなったら終わり。常にその不安におののいているんですよ」

「保証がないのは、何も作家に限ったことではないと思います。我々公務員だって、明日のことはわかりません」

「公務員は安泰でしょう。それが最大のメリットじゃないか」

「処分されたら終わりです。非違行為で処分される公務員は毎年かなりの数に上ります」

「ヒイ行為？」

「一般には不祥事と呼ばれます」

赤井が言った。

「梅林さんは安心したいんだと思います」

竜崎は聞き返した。

「安心したい……？」

「ええ。不安を訴えれば、誰かが安心できる材料を提供してくれるかもしれないでしょう」

竜崎は梅林に尋ねた。

「そうなのですか？」

梅林は、ふんと鼻で笑ってから言った。

「利いた風な口をきくなよ」

竜崎はさらに二人に尋ねた。

「北上さんも、同じような不安を抱えていたのでしょうか？」

梅林がこたえた。

「聞いたことはないですがね、そりゃあ、作家だから同じだったと思いますよ」

「その不安から逃げ出したいと思われたのではないでしょうか」

すると赤井が眉をひそめた。

「それで失踪したということですか？　それって、現実逃避ですよね」

梅林が顔をしかめた。

「ただの失踪じゃない。誘拐されたんだ。もし、現実逃避だとしたら、誘拐が狂言だということになる」

赤井が目を丸くした。

「え……。誘拐なんですか？」

今度は竜崎が顔をしかめる番だった。

「そうと決まったわけではありません。梅林さんがおっしゃったことは、憶測に過ぎませんので、どうか、よそではおっしゃらないように……」

赤井は目を瞬《またた》いた。

「あ、口外するなということですね。わかりました。しかし、それは心配ですね……」

この調子では、秘密は長くは保たない。阿久津に対応を急がせなければ……。竜崎はそう思いながら言った。

「お二人とも、北上さんがどこでどうされているか、お心当たりがないということですね？」

赤井がこたえた。

「ありません」

梅林が言う。

「私の意見は参考になりましたかね？」

竜崎はこたえた。

「はい。参考にさせていただきます」

梅林は赤井に言った。

「じゃあ、飯を食いに行こう。昼をまだ食っていないんだ。腹が減った」

時計を見ると、午後一時半を過ぎている。

「じゃあ、駅前の鮨屋に行きましょう」

「ああ、例の鮨屋だな。いいだろう」

二人が出ていくと、竜崎は部屋に残って考えていた。

犯人からいまだに何の連絡もないのは、被害者が危険な目にあっているということを意味しているのだろうか。

ふと、梅林が言っていた『ミザリー』のことを思い出した。狂信的なファンが北上を誘拐して、自分のためだけに小説を書かせている……。そんなことがあり得るだろうか。

あまり現実的ではないが、あり得ないことではない。そう思ってから、竜崎はかぶりを振った。

いずれにしろ、手がかりが必要だ。今はＳＩＳたち専門家に任せたほうがいい。

竜崎も昼食にしようと、腰を上げた。

6

午後二時頃、捜査本部の幹部席に戻ると、すぐに警電で阿久津から連絡があった。

「東京の殺人事件について、概要をお知らせします」

「頼む」

「現場は杉並区久我山《くがやま》五丁目。アパートの一室で男性の遺体が発見されました」

「久我山……。所轄は高井戸《たかいど》署だな」

「検視の結果、刃物による刺創《しそう》が見つかっています。被害者の名前は増沢秀二郎《ますざわひでじろう》、くわしい身元はまだわかっていません。年齢は六十代と見られています」

「金品が盗まれた様子は？」

「現在捜査中ですが、室内が荒らされた様子はないらしいです。……というか……」

「何だ？」

「室内が散らかっていて、荒らされたかどうかよくわからないということです」

「被害者に家族は？」

「同居人はいない模様です。身元がわからないので、家族についてもまだわかっていません」

「捜査本部は？」

「まだ知らせがありません。刑事部長の決定待ちでしょうか。伊丹部長にお訊きになってはいかがですか？」

「俺が訊く必要はないだろう。詳細がわかったら知らせてくれ」

「承知しました」

「他には何か？」

「ありません。初動捜査が終わったところでしょうから……」

「わかった。じゃあ……」

電話を切ろうとすると、「お待ちください」と言われた。

「何だ？」

「八島警務部長から伝言がありました」

「内容は？」

「連絡がほしいとのことです」

「わかった」

「では、失礼します」

竜崎は警電の受話器を置いた。

阿久津には「わかった」と言ったが、竜崎のほうから八島に連絡を取る気はなかった。どうせ、たいした用事ではないのだ。

竜崎は隣にいる板橋課長に尋ねた。

「その後、何か進展は？」

「進展があれば、真っ先に部長に報告します」

「つまり、まだ進展はないということだな？」

「犯人からの連絡がありません」

「営利誘拐ではないということだな？」

「わかりません。犯人とコンタクトできなければ、はっきりしたことは言えませんから」

「誘拐の動機が怨恨だとしたら、被害者は危険な状態にあるということだ」

「そうだとしても、今は打つ手がありません」

「ＳＩＳはどうしている？」

「被害者宅に張り付いています。捜査員三名が自宅の中にいて、犯人からの電話に備えています。残りは、外に駐車したマイクロバスの前線本部の中にいます」

「連絡を待つしかないと言ったな」

「ＳＩＳは、誘拐事件のエキスパートですが、犯人との交渉や、身代金の受け渡しの際に身柄確保するなどのノウハウは、犯人とのコンタクトを前提としておりますので……」

「犯人からの連絡がないと何もできないということか」

「別動隊が、誘拐されたときの目撃情報などを調べています」

「わかった」

竜崎は時計を見た。午後二時二十分だ。

「ちょっと捜査本部を抜けて自宅に行きたいのだが……」

板橋課長が驚いた様子で言った。

「ご自宅に、ですか。そりゃ、もちろんかまいませんが……。どれくらいでお戻りですか？」

「往復で二時間以上かかるが、午後五時には戻る」

「了解しました」

板橋課長は、理由を尋ねなかった。

竜崎は、兵藤署長に言った。

「申し訳ありませんが、しばらく捜査本部を留守にします」

「わかりました」

兵藤署長は落ち着かない様子だった。捜査本部ができるのは所轄署にとっては一大事だ。予算だ人員だ装備だと、署長はいろいろ考えなくてはならない。そのせいだろうと、竜崎は思った。

ともあれ、捜査については板橋課長がいれば、心配はないだろう。

そんなことを思いながら、竜崎は捜査本部をあとにした。捜査員たちが起立して竜崎を見送った。


公用車に乗り、一時間あまりで官舎に到着した。車の中から妻の冴子に電話をして、邦彦の在宅を確認していた。

「よく戻れたわね」

「捜査が停滞していて、俺が本部にいてもできることがない」

「幹部なんて、いるのが仕事みたいなものでしょう」

「そんなことはない。幹部でなければできないこともある」

「へえ……」

「邦彦は？」

「部屋にいる」

「呼んでくれ」

「部屋を訪ねていけばいいのに……」

「三人で話したほうがいい」

「私を巻き込むわけ？」

「親は俺一人じゃない」

冴子はリビングルームを出ていった。戻ってきたときは、邦彦がいっしょだった。

竜崎は言った。

「大学を辞めたいんだって？」

「辞めたいというか……」

邦彦はソファに座った。「あまり意味が感じられないんだ」

「意味があるかないかは、おまえが決めることじゃない」

「そうじゃないだろう」

「そうじゃない？」

「通っている本人が決めることなんじゃない？」

竜崎はふと考え込んだ。

「言われてみれば、そのとおりかもしれない」

「ちょっと……」

冴子が言った。「あっさり認めてどうするの」

「しかし、邦彦が言うとおり、大学に通うことの意味とか価値とかを決めるのは本人だろう」

「東大に入るためにどれだけ邦彦が苦労したと思ってるの」

「たいへんだったろうが、それも本人の問題だ」

「本人だけじゃない。家族だってたいへんだったじゃない」

「そうか？」

「あなたは家族のことに無頓着だから……」

「そんなことはない。邦彦がポーランドで連絡が取れなくなったときだって、ちゃんと外務省の内山《うちやま》さんに手を打ってもらった」

「そのポーランドでのことなんだけど……」

邦彦が言ったので、竜崎は口を閉じて彼を見た。

邦彦の言葉が続く。

「大学の授業がすごく実践的だったんだ。監督も脚本もカメラマンも学生がやるんだ。編集して一つの映画を作り上げるまでを経験できた。現場の仕事のこともよくわかった。大道具、小道具、衣装、そして記録……。とにかく刺激に満ちた一年間だったんだ」

「それと大学を辞めたいというのと、何か関係があるのか？」

「日本の大学の授業は、直接映像を作ることに結びついていない」

「そりゃそうだ。大学は職業専門学校ではないからな」

「俺は、一日も早く映像の世界に飛び込みたいんだ。そこでたくさん経験を積まなければならない」

竜崎はまたしばらく考え込んだ。冴子はあきれたように竜崎を一瞥すると、邦彦に言った。

「映像の世界に飛び込みたいって言うけれど、それは、すぐに就職をしたいということ?」

「そういうことになるね。それか、まずバイトとか……」

「就職先は決まっているの?」

「決まってるわけないじゃない。ポーランドから帰ってきたばかりなんだ。これから探すんだよ」

「どんなところに就職するつもり?」

「映像プロダクションとかかな……」

竜崎は尋ねた。

「アニメをやりたいと言ってなかったか?」

「ゆくゆくはアニメのプロダクションで働くことになるだろうね。その前に、実写のことも勉強しておかなきゃ」

「俺にはよくわからないんだが、実写とアニメはまったく別物なんじゃないのか?」

「別物じゃないと、俺は考えている。ちゃんとしたアニメを作るためには、実写の勉強も必要なんだと思う。俺が尊敬しているアニメ監督は、実写の作品も作っているんだ」

「今おまえが映像プロダクションに入ったからといって、すぐに作品が作れるわけじゃないだろう」

「そりゃそうだよ。だから、できるだけ早くその世界に飛び込む必要があるんだ」

「うまく言えないんだが、それはいい方法じゃないような気がする」

「じゃあ、どういうのがいい方法なの？」

「現場の経験はたしかに大切だが、おまえは監督になりたいんじゃないのか？」

「監督とかプロデューサーとかだね」

「それは、警察で言えば部長以上の幹部だ。いや、警察庁の局長とか審議官なんかのほうが近いか……。だとしたら巡査を何年やってもそこには到達できない」

「警察とは違うよ」

「どう違うんだ？」

「ものを作る世界だからね」

「どんな仕事でも違いはないと思う。早くその世界で働きたいという気持ちはわかるが、底辺で働くということは、それだけ消耗するということだ」

「それも修行だよ」

「いや、俺はどうしても納得できない。監督やプロデューサーになるんだったら、何か別な道があるような気がしてならない」

「どんな道だよ？」

「わからない。だが、おまえが今大学を辞めて、映像プロダクションなどに就職するというのが、最良の方法とはどうしても思えない」

「もちろん最良じゃないかもしれない。でも、今のまま大学に通っているよりいいような気がする」

「もう少し考えてみることだ。急いで結論を出してもいいことなど何もない」

「ポーランドの学生たちは、今も着々と現場で経験を積んでいるんだ」

「あせることはない。ポーランドの大学がいいというのなら、また留学すればいい。俺には、東大にいることが無駄だとは思えないんだ」

「それは父さんが公務員だからだろう？」

竜崎はかぶりを振った。

「東大は奥が深い。探せば探しただけのこたえが見つかる。繰り返すが、大学は職業専門学校じゃないんだ」

「それは、俺の大学に対する接し方が悪いということ？」

「そうだ」

邦彦はぽかんとした顔で竜崎を見た。しばらくそうしていたが、やがて言った。

「父さんは相変わらずだなあ」

「相変わらず何だと言うんだ」

「ぶれないってこと。まあ、俺ももう少し考えてみる。就職先が決まっているわけじゃないし……」

竜崎はうなずいた。

「そうしてくれ」

「じゃあ……」

邦彦はソファから立ち上がり、自分の部屋に向かった。

やれやれと思っていると、冴子が言った。

「とりあえず、今日のところはあんなもんかしらね」

「邦彦は考えると言っている」

「大学に残るとはっきり言ってほしかったんだけど……」

「ポーランド留学が裏目に出たんじゃないのか？」

「考え直してくれるかしらね」

「わからん」

「あなたも詰めが甘いから……」

そのとき竜崎はふと、梅林賢のことを思い出した。

「創作を仕事にしている人に意見を聞いてみようか……」

「誰か心当たりがあるの？」

「ないわけではない」

「邦彦を説得できるようなことを何か聞けるかしら」

「わからない。だが、機会があれば訊いてみる」

冴子はたいして期待していないような顔でうなずいた。


午後四時頃に官舎を出て、小田原署に戻ったのは、午後五時十分頃のことだった。

捜査本部に行くと、兵藤署長の姿がなかった。内海副署長が残っていたので、竜崎は尋ねた。

「署長はどうされました？」

「お言葉に甘えて席を外すと申しまして……」

署長室に引きあげたということだろう。内海がいてくれれば、署長がいなくても問題はないと、竜崎は思った。

板橋課長が言った。

「四十八時間が過ぎました」

「何か手を打たなければならないと言っていたな。何か措置を取ったのか？」

「動きはありません。依然、犯人からの連絡がないので、ＳＩＳを動かすこともできないのです」

「やはり、待つしかない、か……」

「はい」

「誘拐の場合、七十二時間を超えると、被害者が生存している確率は格段に下がるんだったな」

「おっしゃるとおりです」

「白っぽいワンボックスカーについてはどうだ？」

「まだ情報がありません。現場付近の目撃情報や、防犯カメラの映像などを当たっています」

「手が足りなければ、県警本部から呼び寄せてもいいぞ。近隣の警察署の手を借りるという方法もある」

「もちろん、そういうことも考えております」

「済まんな」

「は……？　何がですか？」

「釈迦に説法だった。現場のことは任せると言いながら、つい口を出してしまう」

「例の小説家からは何か聞き出せましたか？」

「梅林賢のことか？　いや、具体的なことは何も……。担当編集者の赤井という人物にも話を聞いたが、やはり同じだ」

「我々は、犯人の術中にはまっているのかもしれません」

「どういうことだ？」

「先ほども申しましたが、誘拐の捜査は犯人とのコンタクトを前提に行われます。連絡がない場合、有効な手を打つことが難しくなります」

「つまり、犯人が我々の動きを封じているということか？」

「実際に、現時点ではそうなっています」

「悲観論は君らしくない」

「そうでしょうか。私は部長に比べればいつも悲観的だと思いますが……」

「慎重なのはいいが、悲観的なのはよくない。きっと手がかりは見つかる。目撃情報や防犯カメラの映像が打開策につながるかもしれない」

「ええ……」

「さらに、犯人から連絡があれば、位置情報をすぐに特定できて、身柄を確保できる可能性がある」

「私も、できるだけ前向きに考えようとしているのですが、いろいろとプレッシャーがありまして……」

「プレッシャー？　何かあったのか？」

「警務部長から電話があり、くれぐれもヘタを打つなと言われました」

「八島が……」

竜崎は眉をひそめた。「いつのことだ？」

「先ほど部長が捜査本部を出られて間もなくのことです」

阿久津から「連絡がほしい」という伝言を聞いていたが、まさか捜査本部に電話をしてくるとは思わなかった。

「警務部長が言ったことなど、気にしなくていい」

竜崎は言った。「俺が電話しておく」

板橋課長は「そうですか」と言って、小さくうなずいた。

八島のやつはいったい何を考えているのだろう。つくづく不思議に思いながら、竜崎は警電の受話器に手を伸ばした。

7

「はい、警務部」

八島の声だ。

竜崎は言った。

「捜査本部に余計なことを言ったそうだな」

「ん……？　誰だ？」

不愉快そうな声だ。部長という立場だと、電話でいきなり詰問されることなどほとんどない。

竜崎はかまわず言葉を続けた。

「警務部の人間が、捜査に口出しするって、どういうことだ」

「あ、竜崎か？　何の話だ？」

「捜査一課長が言っていた。警務部長が電話をしてきて、くれぐれもヘタを打つなと言ってきたと……」

「ああ、そのことか。激励の電話だよ」

「警務部長に激励される筋合いはない」

「激励して何が悪い」

「本当に激励なら、俺は何も言わない」

「だったら何も言うな」

「そうはいかない。捜査員に余計なプレッシャーをかけた。それを見逃すわけにはいかない」

「警務部ってのはな、県警のすべてに目配りをしなければならないんだ。捜査本部ができれば、当然その動きを把握する必要がある」

「いや、そんな必要はない。刑事部に任せておけばいいんだ」

「刑事部だけで対処できる問題なのか？」

「何が言いたいんだ？」

「北上輝記が行方不明なんだろう？」

「誰がそんなことを言った」

「佐藤本部長が、特異行方不明者だと言っていた」

これはますます、阿久津にマスコミ対応を急がせなければ……。竜崎はそう思った。

特異行方不明者であることがばれたら、マスコミは当然ながら、北上輝記が事件に巻き込まれたと考えるだろう。

「本部長が何を言ったか知らないが、事件がおまえと何の関係があるんだ？」

「事件？　事件と言ったな」

八島は少しばかり声を落とした。「北上輝記の身に何かあったということだな？」

「おまえがそれを知る必要はないし、そのことでおまえが捜査本部に電話をする必要もない」

「佐藤本部長がさ、捜査の進捗状況をえらく気にしているんだ。知ってるか？　本部長が北上輝記のファンだって……」

「知っている。そして、彼らがいっしょに食事をしたことがあるということも知っている」

「え……？　彼らって、本部長と北上輝記のことか？」

「そうだ」

「二人が食事をしたことがあるだって……？」

「知らなかったのか」

「とにかく、本部長は北上輝記のことを心配なさっているのだ」

どうやら、知らなかったらしい。

本部長について、自分が知らないことを竜崎が知っていたので、八島は悔しい思いをしているに違いない。

「だから何だと言うんだ。本部長が心配したからといって、捜査が進むわけじゃない」

「それ、そのまま本部長に言えるか？」

竜崎は、ちょっと考えてからこたえた。

「言える」

八島があきれたように言った。

「おまえ、本部長のお気持ちをお察し申し上げろよ」

「余計なことを考えている余裕はない」

「本部長のお気持ちが余計なことだと言うのか？」

「捜査には関係ない。だから、余計なことだ。本部長の意向を忖度《そんたく》したところで、北上輝記が見つかるわけじゃない」

「やっぱり、特異行方不明者なんだな？」

「それにはこたえられない」

「警務部長の俺に言えないというのか」

同じ部長でも、総務・警務のほうが刑事より格が上だと言いたいのだ。

竜崎はこたえた。

「言えない」

「なぜだ？」

「捜査情報は外部には洩らせない。だから、二度と捜査本部に電話をしたりするな」

「ハンモックナンバー三番目のくせに、偉そうに言うな」

八島は入庁の際の成績について言っているのだ。彼が一番で竜崎は三番だったというのだが、その真偽について竜崎は知らない。

入庁時や警察大学校にいるときに聞いたことがあるかもしれないが、どうでもいいことなので覚えていなかった。

「別に偉そうに言っているつもりはない。刑事部長としての立場で言っているだけだ」

「いったい、何が起きているんだ？」

「言えないと言ってるだろう」

「北上輝記に万が一のことがあったら、どう申し開きをするつもりだ」

「そういうことがないように捜査に集中したいんだ。だから、外部からの余計な電話は迷惑だと言っている」

「その言葉を本部長に伝えるからな」

「好きにすればいい」

電話が切れた。

八島が腹を立てたようだったが、どうでもいいと思った。

竜崎が警電の受話器を置くと同時に、横にいた板橋課長の「何だと」という声が聞こえてきた。

彼は携帯電話で誰かからの連絡を受けているようだ。

電話を切ると、板橋課長が竜崎に言った。

「誘拐だということが洩れました」

「どこからだ？」

「ＳＮＳに書き込みがあったということです」

「ＳＮＳ……？」

「おそらくこのために新たに作られたアカウントが、北上が誘拐されたという文面を書き込みました。それを北上輝記のファンアカウントがとりあげたことで、拡散されたようです。ネットではすでに話題になっているとか……」

「ネットか……」

インターネットの発達はさまざまな恩恵をもたらした。それは人類にとっての大きな進歩だった。

だがそのせいで、警察にとって面倒なことが増えたのも事実だ。ネット上で、被疑者や被害者の実名が明かされる。名前だけでなく住所が特定されてさらされることもある。

人権上大きな不利益が生じる恐れがあるので忌避されるような事柄が、平気で明らかにされてしまうのだ。

実はそれはとても恐ろしいことなのだが、書き込みをする人々はそのことに気づいていない。あるいは、気づいていても無視をする。

未確認の事実も公開されてしまう。

責任ある報道をするために、マスコミ各社は裏を取ることに神経を使う。

ネット社会では、そんな責任などお構いなしだ。その結果、事実と憶測が入り乱れる。憶測が事実だということになってしまいかねない。

また、意図的にフェイクニュースを流すこともある。

まさにルールのない世界だ。そしてネットユーザーはそれが言論の自由だと勘違いしているようなのだ。

竜崎は言った。

「無責任な誰かが、SNSに書き込んだのだな……」

板橋課長がこたえた。

「問題は、それが事実だと信じる人が大勢出てくるだろうということです」

「それでは、報道協定も意味がなくなる……」

板橋が腹を立てた様子で言った。

「いたずらでは済まされません。これはもはや、犯罪行為ですよ。無責任な書き込みのせいで、北上輝記の身が危険にさらされることになります」

「しかし……」

二人の会話を聞いていた内海副署長が言った。「書き込みをした人物は、少なくとも北上輝記が行方不明だということを知っていたことになりますね」

板橋課長と竜崎は同時に、内海副署長の顔を見た。

内海副署長は二人の視線にたじろいだ様子で言葉を続けた。

「無責任だろうが憶測だろうが、そもそも、北上輝記が姿をくらましたという事実を知らなければ、そんな書き込みはできないはずです」

竜崎は板橋課長に言った。

「内海副署長が言われるとおりだと思う」

「北上さんのご家族が書き込んだか……」

「それはないだろう。被害者の命が懸かっているんだ」

「……だとしたら、警察内部から洩れたということになりますよ」

「そうとも限らない」

竜崎は梅林賢や赤井の顔を思い浮かべていた。

まさか、彼らがＳＮＳに書き込んだとは思えないが、可能性がまったくないわけではない。

「とにかく……」

竜崎は言った。「俺は県警本部に連絡をする。課長は現場のＳＩＳに知らせて対応を検討してくれ」

「了解しました」

竜崎は再び警電の受話器を取り、阿久津にかけた。

「ＳＮＳに、北上輝記誘拐の書き込みがあったそうだ」

「それはまずいですね」

「すぐにマスコミが気づくだろう」

「報道協定を要請します」

「今さら意味があるだろうか」

「ありますよ」

「誘拐だとネットを見た人々に知られてしまう」

「知ることと確認することは違います。今でも、正式に報道されないことは信じないという人は少なくありません」

「その言葉を信じたい」

「やれることは何でもやるべきです」

「そのとおりだと思う。では、やってくれ」

「はい」

竜崎は電話を切った。

神奈川県警に赴任したばかりの頃は、阿久津をまったく信じていなかった。何を考えているのかよくわからなかったのだ。

今、阿久津と話をしたことで落ち着きを取り戻している自分に気づいた。竜崎はそれを少々意外に思っていた。

受話器を置いたとたん、警電が鳴った。

竜崎はまた受話器を上げた。

「はい、捜査本部」

「総務課です。本部長からの電話をおつなぎします」

佐藤本部長からの電話……。

八島が本部長に告げ口をして、それでわざわざ電話をしてきたということか……。

「お願いします」

竜崎が言うと、佐藤本部長の声が聞こえてきた。

「よう。どう？　そっちは」

「本部長もですか……」

「何？　俺もって、どういうこと？」

「八島に何か言われたのですね？」

「え？　警務部長？　知らないよ。何かあったの？」

「さきほど、八島から捜査本部に電話がありました。激励の電話だと本人は言っていましたが、捜査員に余計なプレッシャーをかけるなと文句を言ったのです」

「俺はプレッシャーなんてかけないよ。八島といっしょにしないでよ」

「失礼しました。では、ご用件は？」

「ＳＢＮテレビのプロデューサーから電話があってさ」

「ＳＢＮ？　東京のキー局ですね」

「三宅路男《みやけみちお》ってやつなんだけどね。彼が記者の頃からの付き合いでさ」

「報道局なんですか？」

「いや、今は生活情報局ってところにいる。ワイドショーなんかを作る部署だな」

「どのような用件だったのでしょう？」

「北上輝記が誘拐されたってネットで話題になっているので、それを取り上げるがいいかと訊いてきた」

「ワイドショーでですか？」

「そうだ。……なあ、刑事部長」

「何でしょう」

「本当に誘拐なの？」

「はい。目撃情報がありました」

「俺んとこに情報上がってきてないんだけど」

「まだ発表するつもりはありませんでした。今しがた、阿久津参事官に報道協定を要請するように指示しました」

「ネットで話題になっているって、テレビ局のプロデューサーが知ってるんだよ。今さら協定が役に立つのかね」

「阿久津は役に立つと言っています」

「部長はどう思う？」

「阿久津の判断を信じたいと思います」

「……で、三宅にはどう返事すればいい？」

「私が話をしましょうか」

「あ、そうしてくれる？」

本部長は最初からそのつもりだったはずだ。

電話が保留になった。先方と電話がつながるまで二分ほど待たされた。

「ＳＢＮの三宅と申しますが……」

「神奈川県警刑事部の竜崎です」

「まずうかがいますが、北上輝記が誘拐されたというのは本当ですか？」

ＳＢＮにも報道協定の要請が届くはずだ。三宅はまだそれを知らないようだ。ＳＢＮが協定に参加して報道を見合わせるという確認が取れるまで、誘拐の件を伝えることはできない。

「現時点ではまだ、お話しできません」

「ネットで話題になっているんですよ。そのおこたえはナンセンスでしょう」

「しかるべき時期が来たら、おこたえします」

「こっちはね、そんな悠長なことは言っていられないんですよ。今にも他局が流すかもしれないんです」

テレビ局同士の事情を警察に言われても困ると思ったが、それは言わないでおくことにした。

「事実を確認中です。まだ発表できる段階ではありません」

「ネットを見た人はみんな知ってるんですよ」

「誰が書き込んだのか知りませんが、それは未確認情報に過ぎません」

「未確認情報だろうが何だろうが、人々に知れ渡っているのに、それを警察が認めないってのは変でしょう」

たしかに変かもしれないと、竜崎も思う。だいたいが、SNSへ書き込んだということ自体が変なのだ。

「変だろうが何だろうが、おこたえすることはできません」

三宅の声がむっとした調子になった。

「こっちはね、いつでも放送できるんだよ。報道じゃないんでね。ネットで話題になっていることをワイドショーで紹介するって形だから。それをね、佐藤本部長の顔を立てて、こうして仁義切ってるんだ。そっちもそれなりの誠意を見せてもらわなきゃ」

顔を立てるだの、仁義だの、誠意を見せろだの、言っていることが反社の連中と変わりないな。そんなことを思いながら、竜崎は言った。

「未確認情報を放送することになりますね」

「え……？」

「SNSの内容を紹介するだけだから、それは街の話題などと変わらない。そうおっしゃりたいのでしょう」

「そうだ」

「しかし、街の話題を取り上げるときも、間違いがないかどうか、あるいは不確かな情報ではないか、裏を取られるはずです」

「そりゃまあ、そうだが……」

「今回ＳＮＳに書き込みをした者は、確認など取っていないはずです」

「内容が間違っているというのか？」

「ですから、まだそれにおこたえすることはできないと申しているのです」

「だから、こうして裏を取っているんだ」

「ワイドショーで取り上げたりなさらないほうがいいと思います」

しばらく返事がなかった。強気に出ていた三宅だったが、不安になってきたに違いない。明らかな間違いを放送してしまったとなれば、三宅の責任問題になるはずだ。

「いいか。繰り返すが、俺は佐藤本部長の顔を立てて電話をしたんだ。他局は、放送してしまうかもしれないぞ」

その前に報道協定のお達しが回ることを、竜崎は期待していた。

「そうならないことを祈っています」

「なあ、どっちなんだ？」

「どっち？」

「誘拐なのか、そうじゃないのか」

「おこたえできません」

唸《うな》る声が聞こえた。

「放送するのはしばらく待つことにする。あんた、俺に借りができたと思うべきだな。また電話する」

電話が切れた。

受話器を置くと、板橋課長が言った。

「何事ですか？」

竜崎は、事情を説明した。

板橋課長は顔をしかめた。

「ワイドショーは面倒ですね。報道ならそれなりに仁義を心得ているのですが……」

ここでも「仁義」か……。

「未確認情報を放送して困るのは、報道もワイドショーもいっしょだ」

「しかし、ＳＮＳにいい加減なことを書き込むなんて、どういうつもりなんでしょう」

「それがネットだよ」

そのとき、内海副署長が言った。

「あのお……。本当にいい加減なことなのでしょうか……」

竜崎と板橋がまた、同時に内海副署長を見る。

竜崎が尋ねた。

「どういうことです？」

「先ほども申しましたが、ネットに書き込みをした者は、少なくとも北上輝記が行方不明だということを知っているわけですよね……」

「その可能性が高いですね」

「だったら、本当のことを知っているのかもしれません」

「家族や捜査関係者なら知っているでしょうが、ＳＮＳに書き込むとは思えません。仕事関係の人々も同様です。彼らが、誘拐被害者の命を危険にさらすようなことを望むはずがない」

「他に少なくとも二人は、間違いなく誘拐の事実を知っている人物がいますよね」

「二人……？」

「誘拐の被害者と加害者です」

竜崎と板橋課長は顔を見合わせた。

竜崎は言った。

「北上輝記本人が書き込むとは思えないが、犯人が書き込みをしたことは否定しきれないのではないか」

板橋課長が言った。

「書き込んだ人物を特定できないか調べるよう手配します」

「ＳＩＳはどう言っている」

「今へたに動くべきではない。小牧中隊長はそう言っています」

「たしかに、ＳＮＳへの書き込みが犯人によるものだとしたら、次の出方を待ったほうがいいな」

「後手に回らないようにしないと……」

板橋課長はそう言うと、捜査員たちにＳＮＳについて調べるように指示した。

8

　それから十五分ほど経った午後六時十五分頃のことだ。

　白っぽいワンボックスカーの映像が見つかったという知らせが捜査本部に入った。

　電話を受けた係員に、板橋課長が尋ねた。

「どこで入手した映像だ？」

「誘拐現場近くにある駐車場の防犯カメラだそうです」

「ナンバーは映っていたのか？」

「映像処理して解読できるかどうか、鑑識が頑張っています」

「その映像が届き次第、見せてくれ」

「承知しました」

　それを聞いていた竜崎は言った。

「事件に使われた車だろうか」

「それはわかりません。しかし、手がかりになりそうなものは片っ端から調べないと……」

「ナンバーがわかれば、持ち主もわかる。そして、Nシステムで行動履歴がわかるだろう」

「あせりは禁物ですよ。捜査はそうそううまくいくものじゃありません。地道にやるしかないんです」

「そうだな……」

竜崎がうなずいたとき、板橋課長の携帯電話が振動した。

「ＳＩＳの小牧中隊長からです。失礼します」

板橋課長は電話に出た。ＳＩＳと課長のホットラインだ。

「なに……」

板橋課長のつぶやきに、竜崎は思わず彼の顔を見た。表情がみるみる険しくなっていった。

電話を切ると、板橋課長が言った。

「犯人を名乗る男から電話があったそうです」

「ようやく接触できたか」

「要求がありました」

「どんな要求だ」

「それが、奇妙な要求でして……。犯人は、世間に誘拐のことを公表しろと言ってきたのです」

「世間に公表しろと……」

「マスコミを通じて、正式に発表しろと言っていたそうです。でないと、北上輝記を殺害すると……」

竜崎は考え込んだ。

「いったい、犯人はどういうつもりだろう」

板橋課長が尋ねた。

「どうします?」

竜崎は即断できなかった。

すると、内海副署長が言った。

「電話の発信場所は……?」

「東京都内だということはわかりましたが……」

「都内……?」

内海副署長がさらに言う。「もっと絞り込めないのでしょうか……。区とか町とか……」

「通信事業者に協力を求めて、調べてもらっています」

竜崎は内海に尋ねてみた。

「犯人は何を考えていると思いますか?」

「さあ……。私にはわかりかねます」

「誘拐が知られていない現状のほうが、犯人には有利なはずです。世間に知られると、それだけ捕まるリスクが高まるでしょう」

「愉快犯なのかもしれません」

板橋課長が言った。「世間を騒がせることが目的なのではないでしょうか」

「愉快犯か……」

竜崎は言った。「だとしたら、被害者を殺害するというのは、はったりかもしれない」

「しかし、我々は犯人は本気だという前提で動かなければなりません」

「北上輝記の自宅に電話してきたのだから、本当の犯人と考えるべきだろうな……」

「それで、小牧中隊長にはどう指示をすればいいですか？」

竜崎は再び考え込んだ。

「誘拐を公表しないと、北上輝記を殺すと言ってるんだ。犯人の言うとおりにするしかない」

「では、記者発表ですか」

「それしかないな」

竜崎は内海副署長に言った。「小田原署担当の記者をどこかに集めていただけますか？　私は本部の参事官と相談します」

「わかりました」

内海が携帯電話を取り出すのを見て、竜崎は警電の受話器に手を伸ばした。

「誘拐を公表しろ……？」

阿久津が電話の向こうで言った。「それが犯人の要求なのですか？」

「そうだ」

「金とか逃走用の車とかではなく……？」

「そうだ」

「公表しなければ、北上輝記を殺害すると言ってるのですね」

「そうだ。どうすればいいと思う？」

「それは部長が考えてください」

「もちろん考えている。君の考えも聞きたいんだ」

「犯人の要求を断るわけにはいかないでしょう。すぐに記者発表をしましょう」

「報道協定の要請をしたばかりだろう」

「かまいません。事態は刻々と変わるのです」

「わかった。本部の発表と小田原署の発表は同時にやろう。時刻を決めてくれ。それを小田原署の副署長たちに知らせる」

「では、明日の朝十時に……」

「北上輝記の命がかかっている。もっと早いほうがいいんじゃないのか？」

「いろいろと段取りがあります。すぐにというわけにはまいりません」

「わかった。君に任せる。明日の午前十時だな？」

「はい」

竜崎は電話を切って、記者発表の時間を内海副署長に伝えた。すると、内海が言った。

「今しがた、記者クラブの当番に声をかけてみました。いつでも記者たちを招集できるそうです。午前十時ですね。承知いたしました」

竜崎は板橋課長に尋ねた。

「ＳＮＳのほうはどうだ？」

「誰が書き込んだかについては、まだ何もわかっていません」

「書き込みの影響はどうなんだ？　世間は誘拐があったと信じているんじゃないのか？」

「それが……」

板橋課長が戸惑ったような顔でこたえた。「思ったほど世間では騒がれていないようです」

「騒がれていない？」

「ネットでは拡散されているはずなんですが……」

「捜査本部なんかにいるから、騒ぎに気がつかないだけじゃないのか？」

「いや、そんなことはありません。外に出ている捜査員たちの実感です」

板橋課長の言葉は、竜崎にとっても意外だった。

有名人が誘拐されるというのは、大衆にとって充分に衝撃のはずだ。それが思ったほど大事《おおごと》になっていないというのだ。

あれこれ思案していると、携帯電話が振動した。梅林賢からだった。

「赤井から聞いたぞ」

彼はタメ口だった。まるで旧知の仲のような口調だ。

「何の話です？」

「北上が誘拐されたと、SNSに書いたやつがいるそうじゃないか。ネット上ではえらい騒ぎらしい」

「世間と温度差があるように思います」

「温度差……？」

「実社会では、思ったほどの騒ぎになっていないと、捜査一課長が言っています」

「ああ……」

梅林賢は一瞬間を置いた。「たしかにそうかもしれん。編集者たちが騒いでいるので世間でも大騒ぎになっているように思っていたが、実際には捜査一課長の言うとおりだ。でもな……」

「でも？」

「作家なんてそんなもんだぞ」

「そんなもんと言いますと……？」

「ネームバリューというか、ニュースバリューというか……。有名作家といっても、世間では名前を知らない人のほうが多い」

「私も当初、北上輝記と言われて、ぴんときませんでした」

「あんたは本当に正直だな。だからさ、作家なんてそんなもんなんだよ。もし、有名芸能人が誘拐されたとして、それがネットに発表されたら、世の中の騒ぎはこんなもんじゃないだろう」

「そうなのでしょうか。私にはわかりません」

「そうなんだよ。それにな、ネットもそんなもんなんだよ」

「影響力のことですか？」

「そう。たしかにネットではあっという間に話題が拡散していく。マスコミより速報性もある。だがな、所詮噂なんだよ」

「噂……」

「そう。ネットの書き込みってのは、風聞が形を変えただけだ。人々は面白がって広めるが、半信半疑だ。だから、その影響は速いが薄い」

「速いが薄い……」

「それが俺の実感だ。大衆はやはり、マスコミの報道を信じるんだ。そういう意味で、今でもテレビや新聞の報道の力ってのはあなどれないんだよ」

「明日、記者発表をするつもりです」

梅林賢は大きく息を吐いてから言った。

「そうか」

「被害者のために、事件を秘匿して、報道協定を申し入れるつもりでしたが、事情が変わりました」

「どうして変わったんだ？」

「電話では言えません」

「じゃあ、会って飯でも食おう」

「会ってもお話しできません。捜査情報です」

「いいじゃないか。俺は協力者だぞ」

「捜査情報は家族にも話せないんです」

「そうか。わかった。だがな、今度は世の中騒然となるぞ。マスコミを通じて警察が誘拐事件を発表したとなれば、話が違ってくる。週刊誌やワイドショーといった連中が、話に尾ひれをつけていくからな」

「いたしかたありません。いつまでも隠してはおけませんから……」

「そうなれば、警察の捜査に世間は注目する。責任重大だな」

「もともと責任は重いのです」

「発表の後なら、何か話せるか？」

竜崎はしばらく考えてからこたえた。

「今よりは話せることが多くなると思います。実はこちらからうかがいたいこともあります」

「発表は何時だ？」

「午前十時の予定です」

「なら、昼飯でも食おう」

「私は捜査本部を離れられないかもしれません」

「昼時には、そこから逃げ出したいと思っているかもしれないぞ」

「もしそう思っていても、離れるわけにはいきません」

「じゃあ、俺がそっちに行こう。十一時でどうだ？」

「わかりました」

電話が切れると、竜崎は板橋課長に言った。

「作家の梅林賢さんだ。作家などそんなものだと言っていた」

「どういうことです？」

竜崎は梅林賢の話をかいつまんで説明した。話を聞き終えた板橋課長が言った。

「たしかに芸能人と作家は違いますが……」

「日本ではいまだに、有名人というのはテレビに出ている人のことのようだ」

「ネットの書き込みが噂話と同じだというのは、まあ納得できますね。だから、それほどの大騒ぎにはなっていないのでしょう」

「警察が発表をするとなると、話は違ってくると言っていた」

「そうでしょうね」

「俺は本部長に報告しなければならない」

「わかりました」

竜崎は警電の受話器を取った。

佐藤本部長が電話の向こうで声を上げた。「え？　報道協定だって言ってなかった？」

「記者発表……？」

「事情が変わりました」

「どうして」

「犯人から被害者宅に電話がかかってきました。誘拐を公表しろというのが、犯人の要求です」

「誘拐を公表しろ？　犯人は何考えてるんだ？」

「わかりません。板橋課長は、愉快犯の可能性もあると言っています」

「愉快犯？　劇場型犯罪か？」

「可能性はあると思います」

「じゃなきゃ、誘拐を公表しろなんていう犯人の意図は説明がつかんよなあ……」

「記者発表をし、マスコミが誘拐の事実を報道することで、警察の機能が低下する恐れがあります」

「騒ぎに巻き込まれるだろうからなあ。できるだけ、そういうことのないように頼むよ」

「考えます」

「考えますじゃなくてさ、約束してよ。北上輝記を無事に救出するって……」

「約束すると、嘘をつくことになりかねません」

佐藤本部長はうなった。

「少しは上司を安心させるようなことを言うもんだよ」

「上司よりも一般市民を安心させることを優先すべきでしょう」

「仰せのとおりだ、刑事部長。一刻も早く、国民を安心させてくれ」

「はい」

竜崎は電話が切れるのを待った。

だが、再び佐藤本部長の声が聞こえてきた。

「北上輝記は無事帰ってくると思うか？」

竜崎は驚いて言った。

「そんなことはわかりません」

「署長のときはけっこう現場で頑張ったそうじゃないか。そうした経験から感じるものがあるんじゃないの？　いわゆる勘とかさ」

「勘でそんな重要なことをこたえるわけにはいきません」

「個人的にも心配なんだよね。北上輝記に万が一のことがあったら、日本の文化の大きな損失だよ」

「最大限の努力をします。それしか申し上げられません」

「そうだな。わかった」

ようやく電話が切れたので、竜崎は受話器を置いた。

午後七時過ぎに、白っぽいワンボックスカーの映像が届いた。係員が大きなモニターを引っ張ってきて、幹部席の前に置いた。パソコンを接続して、届いた映像を流した。

幹部席の竜崎、内海副署長、板橋課長がモニターを見つめていた。

他の捜査員たちも別のモニターで同じ映像を見ている。

正直に言って、竜崎は落胆した。それほど不鮮明な映像だった。

竜崎は言った。

「これじゃ、ナンバーを読み取るのは不可能だな」

板橋課長が言った。

「まだ鑑識が頑張っています。諦めるのは早いです」

内海副署長が言った。

「ナンバープレートがカメラのほうを向くのはほんの一瞬だし、日光が反射しているようにも見えます。解読は難しいでしょうね」

板橋課長が言った。

「なんとか車種はわかりますし、目撃された車と特徴が一致します。手がかりであることは間違いありません」

「わかった」

竜崎は言った。「引き続き、解析を進めてくれ」

「了解しました」

それから竜崎は内海副署長に尋ねた。

「小田原署での記者発表は誰がやりますか？」

「通常、そういうのは私の役割ですが……」

「では、お願いします。副署長は事情をよくご存じですから」

行方不明者届の中から北上輝記の名前を見つけ、こうして捜査本部に参加している。彼以上の適任者はいない。

次に竜崎は板橋課長に尋ねた。

「本部では誰がやる？」

「え？　部長か参事官にやっていただけるものと思っていましたが……」

「通常は？」

「事件関係なら、捜査一課の理事官ですね」

「じゃあ、今回も理事官にやってもらおう」

「わかりました」

午後七時十分頃、仕出し弁当が届いた。小田原署の気づかいだ。

小田原らしく、焼き魚や練り物がふんだんに入った弁当で、竜崎はありがたくいただいた。

明日十時に記者発表だ。こうしてゆっくりと食事ができるのも、今のうちかもしれないな。竜崎はそんなことを思っていた。

9

捜査本部の中は、異様なくらいに静かだった。竜崎は、嵐の前の静けさという言葉を頭に浮かべていた。

明日は間違いなく嵐がやってくる。

竜崎は、板橋課長に尋ねた。

「前線本部のほうはどうだ？」

「知らせがないのは、何もないということです」

「そうだな。わかり切ったことを訊いた」

「ＳＩＳの小牧中隊長はまだ戸惑っているようですね」

「犯人の考えが読めないのか？」

「要求の意味がわかりません」

「たしかにな……」

「犯罪というのは、千差万別に思えますが、パターンがあるものです。そのパターンに当てはまらないと、いかにエキスパートでも対処に困ることがあります」

「今回がそうだというわけだな」

「明らかなのは、単純な身代金目当ての犯行ではないということだけです」

「劇場型犯罪も、最終的には金に行き着くんじゃないのか？」

「金か怨恨、あるいは男女間のトラブル……。ほとんどの犯罪の動機はそのどれかに当てはまるんですが……」

「パターンのことなど考えてはいけない事案なのかもしれない」

竜崎がぽつりと洩らすように言うと、板橋課長が眉間にしわを寄せた。

「それはどういうことです？」

「いや、ふと思ったことだ。これまでに見たこともないような事案だということもあり得る」

「時にそう思うような事案に出くわすこともありますが、結局解決してみれば、やはりほとんどがパターンどおりの犯罪なんです」

「そうだな。ただの思いつきだ。忘れてくれ」


午後八時半頃、兵藤署長が捜査本部にやってきた。まだ署長室に残って仕事をしていたらしい。捜査員たちが気をつけをする。内海副署長と板橋課長も起立していた。

幹部席にやってくると、兵藤署長は竜崎に言った。

「副署長から聞いたのですが、誘拐の件、記者発表をするそうですね」

「犯人からそうするようにとの要求があったのです」

「その要求に従うのだと……？」

「犯人の目的がはっきりしません。今は従うしかないと判断しました。それに……」

「それに？」

「何者かがＳＮＳに誘拐だと書き込んでしまいましたので……。もはやマスコミに隠していることの意味がなくなりました」

兵藤署長は目を丸くした。

「ＳＮＳ……？　じゃあ、もう世間に知れ渡っているということですか？」

「知れ渡ったと言えるかどうかわかりませんが、ＳＮＳを見た人は知っているでしょう」

「ネットでは瞬く間に情報が拡散していきますよ」

「それについては検討しました。ある人物が、ネットの影響は速いが薄いと表現しましたが、まさにそれが言い得て妙だと思います」

「すぐに拡散はするが、影響力はそれほどでもないということですか？」

「はい」

「それは、過小評価ではないですか？」

「事実、世の中ではそれほどの騒ぎにはなっていないようです。しかし、明日記者発表をした後は、世間は騒然とするでしょう」

兵藤署長の顔色が悪くなった。

「何とか秘密裡に捜査を進めて解決することはできなかったのでしょうか……」

「当初はその方針でした。しかし、状況は刻々変化します」

「……で、発表は誰が？」

「通常の記者発表と同様です。本部では捜査一課理事官に、小田原署では副署長にやってもらいます」

「いつもはそうですが、それで済みますかね……。記者たちの殺気立った様子が目に浮かぶようです。一方的な発表じゃなくて、質疑応答がある会見を開けと言ってきますよ」

「そんな暇はないと言ってやればいい」

「知る権利を楯に要求してきます」

「まだ何もわかっていないと言えばいいのです。それは嘘ではありません。実際、北上輝記が誘拐されたという事実以外は、ほとんど何もわかっていないのです」

「部長がいっしょに発表していただけませんか？」

それを聞いた内海副署長と板橋課長が同時に兵藤署長の顔を見た。

板橋課長が言った。

「刑事部長が所轄署の記者発表をやるなんて、聞いたことがありません」

さらに、内海副署長が言った。

「部長がその場におられたら、記者たちは質問攻めにしようとするでしょう。収拾がつかなくなります」

兵藤署長が言った。

「中途半端な報告をしたら、もっと上の者から話を聞かせろという話になる。部長は捜査本部長でもあるのだから、顔を出していただければ、記者たちも納得するだろう」

内海副署長はかぶりを振った。

「最初の記者発表は、竜崎部長がおっしゃったように、まだ何もわかっていないと言うだけでいいと思います」

「それを捜査本部長の口から聞かせてやるんだ」

「いや、しかし……」

内海副署長が何か言いかけてやめた。

その言葉を引き継ぐように、板橋課長が言った。

「基本的には、竜崎部長や内海副署長がおっしゃるとおりだと思います」

竜崎はその言葉のニュアンスが気になり、聞き返した。

「基本的には？」

「はい。しかし、何もわからないではマスコミも納得しないでしょう。だから、一つだけ情報を与えるのです」

竜崎は尋ねた。

「どんな情報を？」

「白っぽいワンボックスカーの情報です」

「それで、マスコミがおとなしくなるか？」

「何も餌を与えないよりはましでしょう」

竜崎はうなずいた。

「よし、それで行こう」

兵藤署長はまだ納得していない様子だったが、それ以上は何も言わなかった。

午後九時になると、板橋課長が竜崎に小声で言った。

「今日も帰宅なさらないおつもりですか？」

「なぜそんなことを訊く」

「署長が帰りたがっているじゃないですか」

「帰ればいいだろう。副捜査本部長は内海副署長に頼んだんだ」

「その内海副署長も、部長が残っていると帰りにくいんですよ」

「じゃあ、帰れと言おう」

「それより、部長が帰宅されるほうがいいです」

「俺はまた、内海副署長と交代で休憩しようと思っていたのだがな……」

「明日の記者発表までは何もないでしょう。今日はご自宅で休まれたほうがいいと思います」

竜崎は、並んで座っている兵藤署長と内海副署長をちらりと見た。

「わかった」

竜崎は言った。「いったん、帰ろう。明日は九時に来る」

板橋はうなずいた。

「了解しました」

「しかし、部長に帰れと言う課長は君くらいなものだろうな」

帰宅する旨を告げると、兵藤署長はあからさまにほっとした顔になり、内海副署長は、少々戸惑ったような表情を見せた。

公用車の中から冴子に電話した。

「今日は帰る。今小田原を出たところだ」

「わかった」

「その後邦彦はどうしてる？」

「大学のことは何も言ってない。考えているのかしらね」

「そうか」

午後十時頃に自宅に着くと、竜崎はすぐに風呂に入った。湯船に浸かれることを、心からありがたいと思った。

風呂から上がりダイニングテーブルに着いて三百五十ミリリットルの缶ビールを一本だけ飲んだ。

冴子が言った。

「何かつまみはいる？」

「いらない」

「捜査本部、どうなの？」

「話せない。わかってるだろう」

「事件が解決しないと、例の話も進められないわね」

「例の話……？」

「創作を仕事にしている人に意見を聞いてみるって話」

「ああ……。そうだな。今は事件のことで手一杯だ」

「わかってるわ」

ビールを飲み終えると、竜崎は寝室に向かった。ベッドに入ると、たちまち眠りに落ちて、朝までぐっすりと眠った。

警察官をやっていると、眠ることが贅沢《ぜいたく》だと思うことがよくある。特にキャリアの新人の頃は、眠る時間は平均三時間くらいだった。

今思うとよく生きていたと思うが、キャリアは誰でもそれを経験している。毎日が時間との戦いで、膨大な資料を読み込み、文書を仕上げた。

昨夜はその贅沢を味わい、朝はすっきりとした気分だった。睡眠は活力をくれる。昨日まで午前十時の記者発表のことを考えると気が重かったが、今朝は「何とかなる」という気分になっていた。

昨日予告したように、午前九時に捜査本部にやってきた。

幹部席には兵藤署長の姿も内海副署長の姿もない。内海副署長は記者発表の準備をしているのだろうし、兵藤署長は署長室に閉じこもっているのだろうと、竜崎は思った。

竜崎は板橋課長に確認した。

「ＳＩＳから報告は？」

「定時連絡だけです。その後動きはありません」

「そうか」

板橋課長も緊張している様子だ。記者発表のあと、どの程度の騒ぎになるか予想がつかない。

午前九時五十五分。竜崎は、刑事総務課に電話をして、ＳＢＮの三宅につなぐように言った。

「三宅だが……。刑事部長だって？」

「竜崎です」

「何の用です？」

「十時に記者発表を行います」

「十時の記者発表？　それがどうした？」

竜崎は同じ言葉を繰り返した。

「十時に記者発表を行います」

三宅はようやく竜崎の言葉の意味を悟ったようだ。

「え？　それって、誘拐の件か？　正式に発表するということか？」

竜崎は三たび、同じことを言った。

「十時に記者発表……」

電話が切れた。

竜崎と電話をしているどころではなくなったのだろう。彼には彼のやることがあるのだ。

そしていよいよ午前十時になった。


午前の帯番組の最中に、ニュース速報が入った。そして、番組が一時中断して女性アナウンサーが、「作家の北上輝記さんが誘拐された模様です」と告げた。

締めくくりの言葉は、「なお、詳しいことはまだわかっていません。わかり次第お伝えいたします」。

捜査本部には七台のテレビが並べられ、それぞれ別のチャンネルが映っている。竜崎はその中の一台を見つめていたのだ。ＳＢＮが映っているテレビだ。

速報が他局より数秒早かった。ＳＢＮの帯番組では、コメンテーターが明らかにうろたえている。通常は打ち合わせの段階で、あらかじめどんな話題が振られるか決められているはずだ。だから彼らは落ち着いてコメントすることができる。突発的な出来事に対してはまともなコメントができないのだ。

ただ「驚きました」「心配です」を繰り返すだけだ。

これが現時点での一般大衆の反応を代表していると、竜崎は思った。

人々はニュースに驚き、たいへんなことが起きたと思うだろう。だがそれは、まだ漠然とした思いだ。

マスコミによって詳細が報じられるにつれて、じわじわと本当の衝撃が伝わっていくのだ。

七台のテレビを眺めているうちに、時間が過ぎた。板橋課長をはじめとする捜査員たちもテレビに見入っている。

午前十時二十分頃、内海副署長が捜査本部に戻ってきた。

竜崎は尋ねた。

「どんな様子でしたか？」

「通常の記者発表とそれほど違いはなかったですね。記者たちも何を質問していいかわからない様子でした」

それを聞いて、板橋課長が言った。

「本格的にマスコミが騒ぎ出すのはこれからですよ。社に戻った記者たちはデスクやキャップに尻を叩かれるでしょうからね」

内海副署長がうなずいた。

「すでに署の周りに記者が集まりはじめているようです」

板橋課長が内海副署長に尋ねた。

「白っぽいワンボックスカーのことには触れましたか？」

「はい。現場付近で白っぽいワンボックスカーが目撃されたとの情報があると……」

「現場の所在地は？」

「小田原市内とだけ」

板橋課長が竜崎に言った。

「マスコミはその場所を知りたがるでしょうね」

「捜査に支障があるから、しばらくは公表できない」

「必ず嗅ぎつけるやつがいますよ」

「警察から洩れないように気をつけてくれ」

「了解です」

内海副署長は、並んでいるテレビに眼をやって言った。

「特番はＮＨＫだけですか」

「そのうち民放でも始めるでしょう」

ＮＨＫでも同じ内容をアナウンサーが繰り返しているに過ぎない。

そのうち、これまでの北上輝記の作品や受賞歴について、特に最近の受賞を大きく取り上げたＶＴＲを作り、それを何度も流すことになるだろう。

さらに、警察や関係者への取材を進め、番組のコンテンツを増やしていくのだ。

竜崎の携帯電話が振動した。伊丹からだった。

「おい、えらいことじゃないか」

「ニュースを見たのか？」

「ニュースを見たのかじゃないよ。前に電話で話をしたとき、すでに事件は起きていたんだな？」

「起きていた」

「何で言わなかった」

「その段階ではマル秘だった」

「本当に北上輝記が誘拐されたんだな？」

「された」

「当初は誘拐を秘匿していたということだな？」

「そうだ」

「どうして発表した？」

犯人からの要求については、いくら相手が警視庁の刑事部長でも話せないと、竜崎は思った。警視庁から、情報が洩れる恐れがある。リスクは最小限に留めたい。

「ＳＮＳに書き込んだやつがいる。だから、マスコミに秘密にしていても無駄だと判断した」

「ＳＮＳに？　いつのことだ？」

「知らせを受けたのは、昨日の午後五時半頃だ」

「いったい何者が……」

「わからない。だが、その時点で、北上輝記の行方がわからなくなっていることを知っている者は少なかった」

「家族やその他の関係者か……」

「あるいは、犯人が書き込んだのではないかと言う者もいる」

「犯人が……？　何のために？」

「わからない」

「おい、ひょっとして、梅林賢に会ったというのも、その事案がらみか？」

「そうだ。同じ作家で、親交があるというので、話を聞いた」

「そういうことだったのか……。おっと、詳しく話を聞きたいが、こっちも忙しくてな」

「殺人はどうなった？」

「被害者の身元がわかった。こっちも今日、記者発表したんだが、そっちのせいでまったく注目されなかったな……」

「マスコミの注目なんてどうでもいい」

「そりゃそうだが、スルーされると面白くない。そっちの事案は派手だしな」

「事件に派手も地味もない」

「あるんだよ。世間が注目する事案だと、捜査員の気合いが違う」

「被害者は何者だったんだ？　記者発表の後だから俺に話しても問題ないだろう」

「増沢秀二郎、六十三歳。職業は警備員のアルバイトだ。工事のときに交通整理をやっている人がいるだろう。ああいうバイトだ」

「六十三歳か。定年後のアルバイトだな？」

「ところが、増沢秀二郎にはもう一つの仕事があった。本人はこっちが本職だと思っていたかもしれないが……」

「もう一つの仕事？」

「ライターだったようだ。週刊誌などに記事を売る仕事だな。おまえのほうは、一流作家で、こっちは売れないライターだよ」

「だから、そういうことを言うな」

そのとき、別の着信があった。「電話だ。切るぞ」

「ああ。じゃあな」

電話は梅林賢からだった。

「警察署の近くまで来たけど、マスコミがびっしりで近づけない」

内海副署長が、ぼちぼち記者が集まりはじめていると言っていたが、すでに大勢詰めかけているようだ。

「わかりました。何とかします」

「頼むよ」

竜崎は梅林の居場所を訊き、電話を切った。

10

地域課の係員に頼んで、梅林をエスコートしてもらった。彼と会うのは、いつもの応接室だ。

竜崎は、ソファに座って待っていたが、梅林がやってくると立ち上がった。

「ああ、いちいち立つことはないよ」

「我々は、来客や上官は気をつけで迎えるように訓練されています」

梅林と竜崎はテーブルを挟んで向かい合った。竜崎は背筋を伸ばしているが、梅林は背もたれに体を預け脚を組んだ。

「テレビは誘拐事件でもちきりだな」

前回話したときから、梅林の態度や口調がずいぶんとくだけてきた。それは決して不快ではなかった。梅林の人なつこさの表れなのだと竜崎は思った。

「当然こうなるとお考えだったのでしょう。前回お話ししたときに、記者発表をしたら、SNSの書き込みとは話が違ってくるとおっしゃっていました」

「そうだな。警察署の周辺の様子も昨夜とは一変した」

「昨夜の警察署の様子をご存じなのですか?」

「小田原に住んでいるんでな……」

「テレビでは、北上輝記さんについての番組が増えるでしょうね」

「悔しいが、またあいつの本が売れるな」

この言葉に竜崎は驚いた。

「そうなんですか？」

「どんなことであれ、話題になれば売れるんだよ。受賞の余韻がまだ残っているから、いっそう効果は大きい」

「それは犯行の動機になり得ますか？」

「何だって？」

「本を売るために、誰かが誘拐を企てたとか……」

梅林は苦笑した。

「そんなばかはいないだろう」

「本が売れれば、出版社は大いに潤いますよね？」

「割りに合わないんだよ。世間の注目を浴びて本が売れたといっても一時的なものだろう。捕まったときのダメージを考えれば、そんなリスクは冒せない」

「追い詰められたら、人間はリスクのことを忘れて犯罪に走ることもあります」

「追い詰められたら……？」

「出版社が倒産の危機にあるとか……」

「そうだなあ……。出版社はどこも、いつ倒産しても不思議はないからなあ……」

「特に危機的状況にあるのは、どこの会社でしょう？」

「おい、冗談だよ。出版不況と言われるようになって久しいが、北上の本を出しているような会社は、たぶんどこもだいじょうぶだよ」

「私も、本を売るための狂言誘拐などは、考えられないとは思いますが……」

「それより、電話での質問にこたえてくれ」

「どんな質問でしたか」

「誘拐のことを秘密にするつもりだったのに、事情が変わったと言っただろう。どうして変わったのか、という質問だ」

「捜査情報はお話しできないと言ったはずです」

「記者発表の後なら、話せることが多くなると言った」

竜崎はしばらく考えた。

捜査情報を外部に洩らすのは、警察官として最大のタブーと言っていい。だが、何かを聞き出すためには、情報の呼び水のようなものが必要なことも事実だ。

捜査情報を守ろうとするあまり、亀のように甲羅の中に閉じこもってはいけないと竜崎は思った。

「犯人が要求してきたのです」

「犯人が……？」

「……というか、まだ確認が取れていませんので、犯人らしい人物が、ということですが……」

「俺は官僚や記者じゃないんだから、そんなまどろっこしいことを言わなくてもいいよ。あんた、その人物のことを犯人だと思っているんだろう？」

「そうですね」

竜崎は言った。「私は犯人だと思っています」

「何を要求してきたんだって？」

「北上輝記さんが誘拐されたことを、世間に公表しろ、と……」

「何だ、それは……」

梅林はあきれたような顔になった。「なんでそんなことを……」

「わかりません。劇場型の犯罪だと言う者もいます」

梅林は小さくかぶりを振った。

「それって、何の意味もない発言だよ」

「何がでしょう？」

「劇場型犯罪なんて言って喜ぶのはマスコミだけだ。事件に参加できるわけだからな。警察は、そんなことを気にしないで、粛々と犯人を追うべきだ」

「なるほど、おっしゃるとおりですね」

「……で」

梅林が質問した。「その要求ってのは、ＳＮＳの書き込みの前なのか、後なのか？」

「後です」

「ほう……。そういうことか……」

「どういうことなのでしょう」

「思ったほどＳＮＳの反響がなかったので、失望したんじゃないかな」

「犯人がですか？」

「そう。もっと大騒ぎになるかと思っていたんだろう。だが、実際はそうでもなかった。だから、頭に来てマスコミを通じて発表するように要求したんだ」

「世間を騒がすことが目的なのでしょうか……」

「そりゃそうだろう。じゃなきゃ、有名な作家を誘拐したりはしないだろう」

「それなら、芸能人とかのほうが効果的じゃないですか？」

「あんた、嫌なこと言うね」

「作家のネームバリューやニュースバリューは芸能人には及ばないとおっしゃったのは、あなたです」

「そりゃ言ったけどさ。他人からそう言われるとなんだか腹が立つな」

「なぜ北上さんだったのでしょう？」

「なぜ犯人が北上を狙ったのかってことか？」

「はい」

「そうだなあ……。有名人なら他にも沢山いるだろうしな……。前に言ったが、ファンの犯行かもしれない」

「『ミザリー』ですか」

「原稿を書かせているかどうかはわからんがね」

「たしかにファンが誘拐したのだとしたら、世間の反響がそれほどでもないと、腹を立ててマスコミに発表しろと言いたくなるかもしれませんね」

「俺にそんなファンがいなくてよかったと思うよ」

「そうですね」

「ファンじゃなければ、顔見知りの犯行だな」

「なぜそう思うのです？」

「劇場型犯罪というのなら、あんたが言うように芸能人なんかのほうが世間の反響は大きい。金銭目当てなら、作家なんかよりＩＴ企業の経営者のほうがいい。北上を選んだのは、彼に近づけるからなんじゃないか」

「もし顔見知りの犯行だとしたら、犯人の狙いは何でしょう？」

「わからんね。ただ……」

「ただ、何です？」

「要求には従ったほうがいいだろうね」

「わかっています。それが誘拐捜査の基本です」

「たしか、誘拐されて七十二時間を超えると、被害者の生存率が格段に下がるんだったな」

「はい。そう言われています」

「誘拐されて、どれくらい経ったんだっけな……」

「六十六時間です」

「タイムリミットまであと六時間か……」

「別に、七十二時間がタイムリミットというわけではありません。一般的にその時間を超えると被害者の人命が危ぶまれるということです」

「警察にはタイムリミットだというくらいの危機感を持って捜査してほしいね」

「そうしているつもりです」

梅林は何事か考え込んでいたが、ふと気づいたように言った。

「俺に訊きたいことはそれだけかね？」

「は……？」

「たしか電話で、訊きたいことがあると言ってただろう」

「ああ、そうでしたね……」

「何だ？」

「実は息子のことなんですが……」

「息子さんの……？」

竜崎は言い淀《よど》んだ。

「いえ、今はそんな話をしている時ではありません」

「捜査が優先だと言いたいのか？」

「はい」

「俺に息子さんについて相談したからといって、捜査をおろそかにしているということにはならんぞ」

「そうかもしれません。しかし、私は捜査本部長なので、捜査に集中すべきだと思います。息子の話はまた、あらためて聞いていただきたいと思います」

「わかった。俺はいつでもいいよ」

「ありがとうございます」

午前十一時半頃、梅林賢は小田原署を出ていった。


捜査本部に戻ると、板橋課長が言った。

「小田原署の電話がパンクしかけたようです」

竜崎は尋ねた。

「問い合わせが殺到しているということだな」

「ええ」

「誘拐のことをこたえるはずがないのに、どうして電話してくるのだろう」

「しかし、記者発表をしていいこともありました。一般人やマスコミからの情報提供が急増したのです」

「そういうのはガセが多いんだろう?」

「下手な鉄砲ってやつですよ。中にはまともな情報もあります。白っぽいワンボックスカーの情報があったんです。ドライブレコーダーの映像です」

「誘拐に使われた車両だろうか……」

「撮影されたのが、誘拐現場のあたりです。周囲の景色で確認が取れています。現在鑑識が、駐車場の防犯カメラに映っていた映像とその映像を比較しています」

これは期待できるかもしれない。

「わかった」

竜崎がそうこたえた五分後に、電話を受けた係員が板橋課長のもとにやってきて告げた。

「鑑識からです。映像を比較した結果、同一の車両だろうということです」

板橋課長が言った。

「詳しい報告が聞きたい」

「今、鑑識の担当者がこちらに向かっています」

鑑識がやってきたのが、それからさらに五分後だった。中隊長の吉谷《よしたに》という男だ。

「駐車場の防犯カメラの映像には手を焼きましたが、なんとかナンバーの下二桁を解読しました。今回入手したドラレコの映像の車両とその下二桁が一致しています」

板橋課長が質問した。

「車種は？」

「同じと見ていいと思います」

「ドラレコの映像では、ナンバーが確認できるんだな？」

「できます。世田谷ナンバーですね。今、持ち主を問い合わせているところです」

「Nシステムで車の足取りを追ってくれ」

「もちろんそれもやってます」

「他に何か手がかりはないか？」

「ドラレコの映像のほうは、後方から車を撮影していまして、運転している人物とかはわかりません」

「何か特徴は？」

「後部のバンパーに傷があります。さらに解析を進めていますが、現時点ではそんなところです」

「わかった。ご苦労だった」

鑑識の吉谷中隊長が捜査本部を去るとすぐに、車の持ち主を知らせる電話があった。それを受けた係員が、板橋課長に報告する。

「氏名は寺島真一郎《てらしましんいちろう》。年齢は八十三歳。住所は、世田谷区祖師谷《せたがやそしがや》三丁目……」

「八十三歳……」

板橋課長が聞き返した。それから、竜崎の顔を見て言った。「誘拐事件を起こすには、高齢過ぎる気がしますね」

「今どきの老人はわからんぞ」

「とにかく、捜査員を向かわせましょう」

「所轄に一言断っておいたほうがいい。祖師谷三丁目なら、所轄は成城署《せいじょう》だ」

「そういうことは偉い人がやってください」

「捜査一課長だって充分に偉いだろう」

「部長にはかないませんよ」

竜崎は伊丹に電話した。

「何かわかったのか？」

「誘拐に使われたと見られる車両の持ち主がわかった。住所が祖師谷三丁目なので、これから捜査員を向かわせる」

「警視庁から捜査員を出してやりたいが、なにせこっちも殺人事件で手一杯なんだ」

「必要ない。ただ、一言断っておこうと思ってな」

「仁義は大切だからな。その車両の持ち主が、誘拐の実行犯ということか？」

「それはまだわからない。何せ、持ち主は八十三歳だ」

「そいつが誘拐をやってのけたとしたらすごいな」

「別な人物が車を使用した可能性が高いと思う」

「老人が誘拐をやったというほうが、話としては面白いんだがな」

「不謹慎な発言だな」

「高齢化社会だからな。犯罪者も死ぬまで現役ということもあり得る」

「殺人の捜査はどうなんだ？」

「被害者の身元は伝えたよな？　そこから進んでいない」

「そうか」

「なあ、梅林賢のこと、忘れてないよな？」

「会えるかもしれないと言ったことか？」

「ああ」

「実はさっきまで小田原署で会っていた」

「おまえが会うのはどうでもいいんだ。俺と会えるのかどうかが問題なんだ」

「チャンスがないわけではないと思う」

「その言葉、信じていいんだな」

「ああ」

「よし。祖師谷三丁目の件は了解した」

「成城署に話を通しておいてくれよ」

「任せろ」

電話が切れた。


小田原署の捜査員二名と、強行犯一個小隊二名、計四名の捜査員を祖師谷三丁目に送った。彼らが出かけていくとほどなく、「Nヒット」の知らせがあった。

Nシステムのデータベースを照会したところ、当該車両のナンバーがヒットしたのだ。

Nシステムは、日付・時間と位置情報のデータベースだ。つまり該当するナンバーが、いつどこを通過したかがわかる。

もちろんナンバー読み取り装置が設置されている場所の記録しか残らない。

「経路は？」

板橋課長の問いに、係員がこたえた。「起点は、世田谷区のようです。おそらく祖師谷三丁目でしょう。それから、神奈川方面に向かい、小田原にやってきています」

板橋課長が言った。

「誘拐実行のためだな」

「はい。小田原市内に入ったのが、九月十六日の午後四時半頃ですから……」

「目撃者によると誘拐は午後五時頃だから、間違いないな。その後の足取りは？」

「東京方面に向かっています」

「祖師谷に戻ったのか？」

「いえ、どうやら一般道で多摩《たま》地区に向かったようです」

「多摩地区……？」

「はい。相模原《さがみはら》市内を午後六時過ぎに通過した記録があります。そこから都心には向かわず北上して、八王子《はちおうじ》方面に向かったようです。さらに、午後十時頃に、青梅《おうめ》市内で記録があります」

「多摩地区か……」

板橋課長の表情が曇った。「嫌な場所だな」

その言葉の意味は竜崎にもわかった。

奥多摩《おくたま》の山林は死体遺棄にはもってこいの場所だ。

「とにかく」

竜崎は言った。「祖師谷に行った捜査員の報告を待とう」

11

警電を受けた係員が、緊張した声で竜崎に告げた。

「本部長からお電話です」

竜崎は受話器を取った。

「あ、刑事部長？　県警本部、電話鳴りっぱなしだよ」

「小田原署はもっとたいへんです」

「発表してよかったのかね……」

「それしか選択肢がありませんでした」

「犯人の要求だからなあ……」

「まだ電話の相手が犯人と決まったわけではありませんが、その可能性がある限り、要求には従わざるを得ません」

「わかってるよ。それで、これからどうなるの？」

竜崎は、誘拐に使用されたと思われる車両のナンバーと持ち主が判明し、Nシステムでその車両が多摩方面に向かったらしいことを説明した。

話を聞き終えると、佐藤本部長が言った。

「北上輝記が、多摩地区に連れていかれたってこと？」

「それはまだ確認されていません」

「もしそうだとしたら、それってヤバくない？」

考えることはみんないっしょだ。

「捜査員が車の持ち主を当たっています。その知らせを待っているところです」

「神奈川県警の威信に賭けても、北上輝記を無事に救出しなきゃ」

「威信になど賭けなくても、救出には全力を尽くします」

「頼むよ」

「記者発表の直前に、ＳＢＮの三宅さんに電話しておきました」

「あ、そうなの？　気を使ってもらって悪いね」

「速報が他社より数秒早かったようです」

「テレビの報道はその数秒に命懸けてるからね」

「ばかばかしいことだと思います」

「俺もそう思うけどさ。まあ、彼らの世界もたいへんなんだよ」

「これで、義理は果たしたということでよろしいですね」

「いいんじゃない。二度も三度も特別扱いすることないよ」

「本部長に言われたので彼に電話したのです。本当に、もういいのですね？」

「俺、あいつ嫌いなんだよね」

「好き嫌いの問題じゃないと思いますが……」

「昔はもっといいやつだったんだけどなあ。報道から生活情報局に異動して、しばらく干されているうちにすっかり人格が歪《ゆが》んじまってさ……」

「そういう話には興味がないのですが……」

佐藤本部長はかまわずに続けた。

「今の帯番組でちょっといい数字を挙げるようになって、今度はテングになっちまったってわけ」

「とにかく、もう特別扱いする義理はないということでよろしいですね？」

「義理なんて気にする柄じゃないだろう。それでいいよ。じゃあね」

電話が切れた。

最後の一言は心外だが、これでＳＢＮの三宅など無視していいという本部長の言質《げんち》が取れたことになる。

それから三十分ほど経った頃に、祖師谷三丁目に向かった捜査員から連絡が入った。

板橋課長が、その内容を竜崎に告げた。

「どうやら、当該車両に乗っていたのは、所有者ではなく、その孫のようですね」

「やはり、八十三歳では誘拐は無理だろう。その孫というのは？」

「寺島正孝《まさたか》、二十三歳。無職です。写真も入手しました」

予断は禁物だとは思いながらも、二十三歳で無職と聞くとついいろいろと考えてしまう。

バイトをしながら何か目標を追いかけているような立派な青年なのかもしれない。だがやはり、親のすねをかじってぶらぶらしていたり、非行に走った末に反社会的勢力の一員となっているようなくだらない若者を想像してしまう。

竜崎は板橋課長に尋ねた。

「その人物の所在は？」

「つかめていません。寺島真一郎は、ここ何日も連絡を取っていないと言っています」

「寺島真一郎というのは八十三歳の車の持ち主だな？」

「そうです」

「孫ということは、親がいるだろう。親から話は聞けていないのか？」

「両親とも仕事に出かけているそうです。父親、つまり、真一郎の息子ですが、名前は真吾《しんご》、年齢は五十歳で、公立高校の教師だということです。母親の名前は律子《りつこ》、年齢は四十八歳で、夫と同様に公立高校の教師です」

二人のやり取りを聞いていた内海副署長が言った。

「公務員の両親を持つ子が、無職なんですか……」

竜崎は言った。

「おっしゃりたいことはわかります。乱れた生活をする若者はたいてい家庭に問題がある場合が多い」

「しかし、ですね」

板橋が言った。「両親ともに堅い職業だからって、家庭に問題がないとは言い切れませんよ。それに、無職だからといって、自堕落な生活をしているとは限りません」

内海副署長はうなずいた。

「しかし、白っぽいワンボックスカーを運転していたのはその寺島正孝である可能性が高いわけでしょう？　だとしたら誘拐に関与していたわけです」

「たしかに、可能性は高いです」

板橋がこたえた。「でも、まだ確認が取れたわけじゃありません」

竜崎は板橋に尋ねた。

「捜査員は、両親の職場を訪ねていないのか？」

板橋は、近くの係員に命じた。

「確認しろ」

しばらくすると、その係員が幹部席に向かって告げた。

「小田原署の捜査員二名が、両親の職場の高校に向かったそうです」

竜崎は尋ねた。

「二人は同じ高校に勤めているのか？」

「いいえ、別々のようです。二人で両方を訪ねるようです」

捜査員は二人一組で行動するのが原則だ。だから、小田原署の二人は手分けをせずに二人で二ヵ所を回るつもりらしい。

板橋課長が言った。

「話を聞いたら、すぐに連絡しろと伝えろ」

係員が「了解しました」と言って、警電の受話器を取った。

板橋課長が竜崎に眼を転じて言った。

「青梅署に応援を求めなければなりませんね」

「そうだな。また伊丹に電話しよう」

「いえ、今度は自分が電話をしましょう。捜査員の配置とか、実務的な話になると思いますから」

「だったら、さっきも君が電話をすればよかったじゃないか」

「仁義を通すのとは違いますよ。そういうのはやっぱり部長同士のほうが話が早いです」

「そんなものかな」

「そうです」

板橋課長は警電の受話器を取った。青梅署の刑事組対課を呼び出し、白っぽいワンボックスカーについての情報提供を求めた。

電話を切ると板橋課長は言った。

「管轄内を調べてくれるということでした」

竜崎は無言でうなずいた。

「ところで……」

板橋課長が言う。「先ほど、梅林賢に会われていたようですね。どんな話をなさったのです?」

もしかしたら、俺が気づかなかったことを、板橋課長が指摘してくれるかもしれない。竜崎はそう思い、梅林賢との会談の要点を伝えた。

話を聞き終えると、板橋課長は言った。

「たしかに、本を売るために狂言誘拐をするというのは、割りに合いませんね」

話を聞いていた内海副署長もそれに同調した。

「そんなことをしなくても、北上輝記の本は充分に売れてますよね」

竜崎はうなずいた。

「そうですね。そんなばかなことを考える出版社があるとは思えません」

板橋課長が言った。

「犯人からの要求があったことを、梅林賢に話されたのですね？」

「協力を得るためには、ある程度の情報を伝えることが必要だと判断した」

「刑事部長の判断ですから、私は何も言いませんが、これが下っ端の捜査員ならどやしつけているところです」

「つまり、話すべきではなかったということか？」

板橋課長は、その問いにはこたえず、話を進めた。

「ＳＮＳに誘拐のことを書き込んだものの、思ったほどの騒ぎにならなかったので、マスコミを通じて公表するようにと犯人が言った……。そういう話でしたね？」

「彼はそう言っていた」

「筋は通っているようですが、なぜ騒ぎを起こしたいのかがわかりません」

内海副署長が言った。

「劇場型犯罪とはそういったものなんじゃないですかね？」

「ただ騒ぎを起こしたいだけだということですか？」

「そういう犯罪もあるでしょう」

「劇場型犯罪という言葉には意味がないと、梅林賢は言っていた」

竜崎は言った。「警察はそんなことを気にしないで、粛々と犯人を追うべきだと……」

「一般人にそんなことを言われたくはありませんが……」

板橋課長が言った。「その見方は正しいでしょうね。どんなに荒唐無稽に思える犯罪でも、たいていは何か目的があるものです」

内海副署長が言った。

「では、今回の犯人の目的は何なのでしょう」

板橋課長が渋い顔で言った。

「それを早急に知りたいですね」

竜崎は板橋課長に尋ねた。

「犯人は北上輝記の知り合いかもしれないという意見についてどう思う？」

「その可能性はおおいにありますね。誘拐というのは、そう簡単にできるものではありません。顔見知りだというだけで、ずいぶんとハードルが下がるのです」

「ハードルが下がる？」

「対象者の行動を予測することができますし、近づくことも難しくはありません。それだけで、誘拐が成功する確率はぐんと高くなります」

「顔見知りの犯行か……。梅林賢は、ファンの可能性も示唆していたが……」

「それも否定はできません」

内海副署長が言った。

「寺島正孝は、北上輝記のファンだったのかもしれない」

板橋課長が言った。

「それはぜひ確認しなければならない事柄ですね」

そしてそれを係員に指示した。先ほど、寺島正孝の両親を捜査員が訪ねる件を確認していた係員だ。

竜崎は言った。

「梅林賢は、誘拐後七十二時間がタイムリミットだと思って、警察は動くべきだと言っていた」

板橋課長はまたしても渋い顔になった。

「それも一般人に言われたくないですがね……。しかし、彼の言うとおりですね」

内海副署長が時計を見て言った。

「午後二時過ぎですね。あと、三時間ほどで、そのタイムリミットを迎えます」

竜崎は、七台並んでいるテレビに眼をやった。ごく一部の局を除いて特番を流している。アナウンサーの姿か、北上輝記の顔写真か書影。授賞式の模様。そんなものが繰り返し流されているに過ぎない。

「梅林賢がこう言ったのですね？」

板橋課長が竜崎に確認するように言った。「劇場型犯罪なら、芸能人なんかのほうが効果がある。金目当てならＩＴ企業の経営者のほうがいい……」

「たしかにそんなことを言っていた。それがどうかしたのか？」

「気になるんですよ。彼が言うように、犯人がどうして北上輝記を狙ったのか……」

気になるのは当たり前のことだ。

だが、ことさらに板橋課長がそう言うのだから、何か重要な意味があるのかもしれない。竜崎がそんなことを考えていると、先ほどの係員が報告した。

「寺島正孝の両親に会いにいった捜査員から連絡がありました」

板橋課長が尋ねる。

「正孝の居場所を知っていたか？」

「いいえ。父親も母親も、何日か前から連絡を取っていないということです。現在も連絡が取れない状態のようです」

「電話が通じないということか？」

「正孝の携帯電話の電源が入っていないらしいです」

「続けて連絡を試みるように言ってくれ」

「了解しました」

「それから……」

「は……？」

「寺島正孝が北上輝記のファンかどうか、確認したか？」

「はい。彼の書棚には、北上輝記の本がずらりと並んでいるということです。間違いなくファンだと両親は言っています」

竜崎は言った。

「逮捕状を取って指名手配しよう」

「見切り発車のような気もしますが……」

「寺島正孝が逮捕の要件を満たしていないということか？」

「やつが車を運転していたという証拠はありませんし、北上輝記のファンだったというだけでは……」

「七十二時間のタイムリミットが近づいている。見切り発車でも、やるときはやらなければならない。逮捕状発行の担当判事が渋るようなら、課長が説得してくれ」

「了解しました」

板橋課長は、逮捕状の請求を係員に指示した。

請求できるのは警部以上だが、書類書きや資料集めなどの手続きは巡査や巡査部長がやる。

寺島正孝の逮捕状請求は、板橋課長が言うとおり急ぎ過ぎかもしれない。だが、誘拐に使用された車が彼の祖父の持ち物であることは間違いない。

そして、その祖父の証言によれば、誘拐当時その車を運転していたのは、寺島正孝である可能性が高い。

彼を見つけるのは急務なのだ。それには指名手配するのが一番だが、そのためには逮捕状が必要だ。理屈は通っているはずだ。

そこまで考えて竜崎は、ふと不安になった。

俺は自分を説得しようとしているのではないか。「理屈は通っている」などとわざわざ考えるときはたいてい理屈が通っていないのだ。

俺は何か間違っているのだろうか……。

竜崎は、これまでわかっていることを頭の中で検証してみた。誤りがあるとは思えないのだが……。

「気をつけ」の号令がかかり、竜崎は捜査本部の出入り口を見た。兵藤署長が入室してきたのだ。

彼は幹部席にやってくると、竜崎に言った。

「署の電話が鳴りっぱなしなんですよ。何とかなりませんか」

竜崎はこたえた。

「なりませんね」

兵藤署長は一瞬、目を丸くしてから訴えかけるように言った。

「誘拐のことをマスコミに発表する決定をしたのは捜査本部ですよね。どうにかしてください」

「ですから、どうにもなりません」

「署の機能が麻痺しそうなのです。責任を取ってもらわないと……」

「小田原署内のことに責任を持つのは私の役目ではありません。署長であるあなたの役割だと思いますが」

「署では手の打ちようがないので、こうして頼んでいるのです」

頼んでいるという態度ではないな。これではクレーマーと変わりない。そう思いながら、竜崎は言った。

「署の機能が麻痺しそうだとおっしゃいましたね？」

「そうです」

「外線の電話が殺到しているからですか？」

「はい」

「それはおかしいですね」

「おかしい？」

「基本的に警察組織内の連絡は警電でできるはずです。警電がパンクすることはあり得ません。一般回線の電話が殺到しているからといって、警察署の業務に支障があるとは思えません」

「あ、いや、それはそうですが、署員が電話対応に追われているので……」

「対応しなければいいんです」

「え……？」

「緊急の通報、つまり一一〇番は県警本部が処理します。署にかかってくる電話の大半は、マスコミがダメ元でかけているんです。あるいは、北上輝記ファンなどの興味本位の問い合わせか……。ですから、出る必要はありません」

「しかし、一般市民からの差し迫った相談や問い合わせがあるかもしれません」

「そういう場合は一一〇番するでしょう」

「生安課などには、普段から相談の電話があるんです。ストーカーとか……」

「ならば、生安課で電話対応する人を集中的に増やせばいい。他の電話には当面出なくていいです」

　兵藤署長は、しばらくぽかんと口を開けていた。

「思い切ったことをおっしゃいますね」

「警察署の問題を捜査本部に押しつけようとしても無駄です。そちらで処理していただかないと

「……」

「わかりました。なるべく一般回線の電話は無視する。その方針でやってみます」

「はい」

それから兵藤署長は、威厳を示すように内海副署長を見て言った。

「捜査本部のことは頼んだぞ」

内海副署長が礼をすると、兵藤署長は捜査本部を出ていった。

内海副署長が竜崎に言った。

「驚きました。あっという間に問題解決ですね」

「兵藤署長の苦労はわかります。私もついこのあいだまで署長をやっていましたので」

12

午後四時頃、裁判所に逮捕状請求書を持っていった係員が戻ってきて告げた。

「担当判事が、面接したいと言っています」

判事が話を聞きたいという場合、お使いの巡査や巡査部長では埒が明かない。

板橋課長が竜崎に言った。

「では、説得に行ってきます」

すると、内海副署長が言った。

「待ってください。一課長は、捜査本部にいなければなりません」

「いや、しかし……」

板橋課長が何か言いかけると、内海副署長がそれを制した。

「代わりに私が行ってきます。一課長と同じ警視ですから、問題ないでしょう。寺島正孝の容疑についても理解しているつもりです」

板橋課長は判断を仰ぐように竜崎を見た。

竜崎は内海副署長に言った。

「では、お願いします」

内海副署長はうなずき、裁判所から戻ってきた係員とともに出かけていった。

板橋課長が言った。

「副署長をお使いに出すようなことをしてよかったんですかね」

「内海副署長が言ったとおり、課長はここにいたほうがいい」

「それはそうですが……」

竜崎は時計を見た。

「あと一時間ほどで、タイムリミットの七十二時間だ」

当然それは、板橋課長にもわかっていることだ。だが、言わずにはいられなかった。

祖師谷三丁目からも、青梅署からも、北上輝記の自宅にいるＳＩＳからも知らせはない。

七台のテレビの画面にも、大きな変化はない。一局だけ通常の番組を放映している。この度胸はたいしたものだと竜崎は思った。

やがて、午後五時が過ぎた。誘拐事件発生から七十二時間が経過したことになる。

「逮捕状はまだか……」

板橋課長がつぶやくのが聞こえた。苛立っている様子だ。

竜崎は言った。

「七十二時間が経過したからといって、誘拐の被害者がみんな死亡するわけじゃない」

「わかっています」

「犯人が何も言ってこないのが気になるな。ＳＩＳの小牧中隊長はどう言ってるんだ？」

「ただ待つしかないと……」

「要求には従った。その結果を、犯人がどう思っているかだが……」

「判断のしようがありません」

板橋課長が溜め息混じりに言う。「なにせ、要求自体が意味不明なんですから……」

「本当に意味不明なのだろうか」

「どういうことです？」

「その要求から誘拐の目的を探れないものかと思ってな」

竜崎の言葉に、板橋課長が考え込んだ。

「マスコミを含めて多くの人が、ただ騒ぎを起こしたいだけだと考えているでしょうね」

「マスコミならその程度の認識で済むかもしれないが、警察は許されない」

「おっしゃるとおりです。どんな要求にも意図があるはずですから……」

「とにかく、今後はいっそう時間が貴重になる」

「打つ手がないのが一番辛いですね……」

午後五時三十分になろうとするとき、内海副署長が戻ってきた。彼は、逮捕状を手にしていた。

これで、板橋課長が言う「打つ手」が見つかった。

板橋課長が捜査員たちに指示した。

「寺島正孝を指名手配だ。祖師谷三丁目に行っている捜査員や青梅署にもその旨を伝えろ。一刻も早く、身柄を押さえるんだ」

捜査本部内に活気がみなぎった。誰もがやるべきことを待っていたのだ。

警電が鳴り、係員が出た。

「青梅署からです。白いワンボックスカーが乗り捨てられているのを見つけたそうです」

板橋課長が即座に応じた。

「ナンバーは確認したか？」

「確認取れています。寺島真一郎の車に間違いありません」

「青梅署に捜査員を急行させろ。鑑識も連れていけ」

こうなればもう竜崎の出番はない。板橋課長に任せておけばいい。

竜崎は、幹部席に戻ってきた内海副署長に言った。

「ごくろうさまでした。助かりました」

「下っ端の判事なんて、どうってことありませんよ」

いつもひかえめな彼らしくない発言だ。こちらに気を使わせないための冗談であることがすぐにわかった。

いや、謙虚に振る舞ってはいるが、彼にはそうした強気な一面もあるのかもしれないと、竜崎は思った。

強くなければ謙虚にはなれない。

板橋課長が竜崎に言った。

「青梅署には、二個小隊三名と鑑識班を送ります」

小隊には一人小隊と二人小隊がある。部下を持つ小隊長と持たない小隊長がいるのだ。青梅署には一人小隊と二人小隊をそれぞれ一個ずつ送ったということだ。

ちなみに、伝統的に小隊長とはいわず「班長」と呼ばれる。

「わかった」

竜崎はこたえた。

板橋課長が係員の報告を受けて、竜崎に言った。

「車を発見したのは、駐在さんらしいです」

「駐在……。東京に駐在がいるのか……」

竜崎は思わずそう言った。

駐在所というと地方の過疎地の印象がある。家族で住み込んで地域のありとあらゆる用事をこなすのだ。

駐在所勤務は、地域課であり交通課であり生安課であり、さらには捜査員でもある。

「青梅署ですからね」

板橋課長が言った。「部長も署長時代に、青梅署の署長に会ったりしたんじゃないですか？」

「署長には会ったことはあるが、駐在さんは見たことがない」

「さすがキャリアですね」

「それは関係ないだろう」

「駐在さんといっても、若い警察官らしいですよ」

これも竜崎が抱くイメージと違っていた。

「そうなのか？」

「ＪＲ青梅駅の近くの路地裏で見つけたそうです」

「街中に駐在所があるのか？」

「千ヶ瀬《ちがせ》駐在所というんだそうです。青梅駅から七百メートルほどのところにありますね」

「乗り捨てられたと言ったな？」

「青梅署ではそう言っています」

「その車が青梅を通過したのは、たしか十六日の午後十時頃だったな？」

「はい。Ｎシステムで確認取れてます」

「運転していたのはおそらく寺島正孝だ」

「そうでしょう」

「では、彼はどこに行ったんだ？」

「ＪＲ青梅駅の近くで車を捨てたということは……」

「電車に乗った可能性が高い」

板橋課長は、捜査員や係員に向かって命じた。

「ＪＲ青梅線の時刻表だ」

係員が、パソコンを持って幹部席に駆け寄ってきた。

板橋課長がその画面を見て、竜崎と内海副署長は、さらに板橋課長の後ろから覗き込んだ。

「乗ったとしたら、青梅発二十二時十三分、立川《たちかわ》行きの列車でしょうか。立川に二十二時四十二分に着き、二十二時四十七分発の快速に乗り換えると、新宿方面に向かえます」

「都心方面に向かったとは限らない」

「下りは、二十二時三分青梅発奥多摩行きがあります。同じく二十二時四十二分発奥多摩行き、そして、二十三時三十九分発奥多摩行き……」

「上り下りどちらに乗ったかわからないな」

板橋課長が係員に命じる。

「青梅署に行った捜査員に、ＪＲ青梅駅の防犯カメラの映像を入手するように伝えろ」

「了解しました」

内海副署長が言った。

「車を乗り捨てて、下り方面の電車に乗るというのは考えにくいですね。奥多摩方面に向かうのなら、そのまま車で行けばいいじゃないですか」

板橋課長が言った。

「捜査を攪乱《かくらん》するためかもしれません」

「車を乗り捨て、自宅に帰ろうとしたんじゃないでしょうか……」

「しかし、自宅には戻っていないようです。祖父も両親も連絡が取れないと言っているのですから……」

「どこかに潜伏するにしても、都心のほうがやりやすいでしょう」

竜崎は言った。

「今はどちらの可能性も否定することはできない。防犯カメラの映像を待とう」

板橋課長が言った。

「立川駅の防犯カメラ映像も手配しましょう」

竜崎はうなずいた。

「青梅の捜査員から連絡です」

係員が告げた。「ＪＲ青梅駅の防犯カメラ映像のデータを入手したということです」

「鑑識が行ってるな？　乗り捨てられた車両の鑑識作業が終わったら、映像データの解析を始めるように言ってくれ。青梅署の手も借りるんだ」

「伝えます」

竜崎は言った。

「小さい駅だから、もしかしたら防犯カメラは設置していないんじゃないかと思っていたんだが……」

「それ、差別的発言と取られますよ」

「差別意識はないのだから、どう思われてもいい」

「今のご時世、どんなところにもカメラがありますよ。防犯カメラだけじゃなく、車にはドラレコがついているし、ケータイにはカメラがついていますからね」

それからしばらくして、立川駅の防犯カメラのデータも入手できたという知らせがきた。

「寺島正孝の映像もだが、何より、北上輝記がどこかに映っていてほしいものです」

板橋課長のその言葉に、竜崎はうなずいた。

七十二時間のタイムリミットが過ぎた。北上輝記の無事を祈るしかないのだが、警察はただ祈ってだけいるわけにはいかない。

無事に救出すべく最大限に努力をしなければならないのだ。そのためには犯人と接触する必要がある。

だが、今のところこちらから犯人に連絡を取る手段はない。寺島正孝がもし犯人だとしたら、何としてもその所在を確認し、身柄を押さえなければならない。

内海副署長が言った。

「北上輝記と寺島正孝は、いっしょに行動しているのでしょうか？」

板橋課長がこたえた。

「その可能性が高いですね。もし、寺島がいっしょでないとしたら、北上輝記はもう見つかっているはずです」

「どこかに監禁されているのかもしれません」

「それも、寺島正孝の身柄を確保すればわかることです」

竜崎は言った。

「もし、いっしょに行動しているとしたら、寺島正孝が凶器を持っている恐れがあるな」

板橋課長が応じた。

「刃物などで脅して言うことをきかせているということですね？」

「だとしたら、刺激するのは危険だ」

「危険も何も……」

板橋課長が言った。「見つけないことにはどうしようもありません」

とにかく、青梅、祖師谷三丁目、北上輝記の自宅、どこからでもいいから、何か知らせがほしい。そう思っていると、竜崎の電話が振動した。

県警本部の刑事総務課からだ。出ると係員が言った。

「お取り込み中、申し訳ありません」

「どうした？」

「ＳＢＮの三宅さんという方からお電話です。おつなぎしてよろしいでしょうか？」

「だめだ。そんな電話に出ている余裕はない」

実際には余裕がないわけではない。連絡待ちの状態だから、物理的な余裕はある。だが、三宅と話をしたくなかった。

「先方は、重要な話だとおっしゃっています。竜崎部長なら電話にお出になることを承知なさるはずだと……」

断れと言うこともできた。だがそれでは、この係員が板挟みになるだろう。

「わかった。つないでくれ」

しばらくすると、三宅の声が聞こえてきた。

「何か情報はないのか？」

「あれば、発表しています」

「警察本部の発表なんて当てにならない。わかっていることを全部発表するわけじゃないだろう。情報を小出しにするだけじゃないか」

「重要なことというのは何ですか？」

「何だって？」

「電話に出た刑事総務課の係員に、重要な話があると言ったのでしょう」

「ああ、どうしても何かネタが必要でね。明日のオンエアで他社をあっと言わせたいんだ」

ない。

「それが重要なことですか」

「そうだよ。特ダネ以上に重要なことなんてないだろう」

竜崎はすっかりあきれてしまった。

日本のマスコミはここまで劣化してしまったのか。彼らは抜いた抜かれたのことしか考えていない。

特ダネが最重要事項だというのは、狭い世界の話でしかない。彼らはそれ以上視野を広げることができないようだ。

「特ダネなど我々にとってはどうでもいいことです。今、被害者に命の危険が迫ってるのかもしれません。それこそが重要なことなのです。そして今、私は捜査本部でその重要な知らせを待っているところなんです」

「だからさ、視聴者にその危機感を伝えたいんじゃないか。そのために何か情報提供してくれてもいいだろう」

「記者発表を待ってください」

「俺はね、報道じゃないんだ。だから、そんなにお行儀よくしてはいられないんだよ」

「報道が行儀がいいとは思いませんが……」

「何か重要な知らせを待っていると言ったな？　どんな知らせを待っているんだ？」

「現場にいる捜査員からの報告です」

「現場って、どこだ？」

「それは言えません。マスコミに知られると捜査に支障をきたす恐れがありますから」

「俺たちがまるで、捜査の邪魔をしているような言い方じゃないか」

「事実、こうして電話していることも迷惑なのです」

「そんな言い方するなよ。部長と俺の仲じゃないか」

この発言に、竜崎は心底驚いた。

いったいどういう仲だと言いたいのだろう。竜崎は本部長の顔を立てるために三宅と電話で話をしただけだ。それなのに、まるで旧知の仲のような口振りだ。

テレビ業界に長くいると、こういう人格ができあがってしまうのだろうか。テレビカメラの向こうは虚構の世界だ。画面ではきれいに見える光景も、実際は書き割りや張りぼてのセットなのだ。

つまり、虚飾の世界だ。三宅のような人物は、人間関係もセットのような虚飾に満ちているのかもしれない。

「私に電話してきても、正式な記者発表以上のことは話しません」

「なあ、何か一つだけでいいんだ。明日のオンエアで使えるネタをくれよ。記者発表で車がどうこう言ってたな？　その車は見つかったのか？」

「何も話せません」

「どんな車なんだ？　資料映像流すから、教えてくれ」

「ノーコメントです」

「車種くらい教えてくれてもいいだろう」

「ノーコメントです」

「北上輝記の無事は確認しているのか？　視聴者はそれを一番知りたがっているんだ」

「ノーコメントです」

「せっかく電話したんだ。何か教えてくれよ」

「今後は私に電話しないでください」

三宅は舌打ちした。

「そうはいかない。今日のところはここまでにするが、明日のオンエア前にまた電話させてもらうよ」

「部下に取り次がないように言っておきます」

「今度は携帯に直接かけるよ。じゃあ……」

ようやく電話が切れた。

知る権利というのはやっかいなものだ。それ自体は大切なものだが、権利を笠に着るマスコミにうんざりする。

警電が鳴り、それを受けた係員が板橋課長に報告した。

「祖師谷三丁目の捜査員からです。これからどうするか指示を仰いでいますが……」

板橋課長が言った。

「祖師谷にいる捜査員は四名だったな。二人残して張り込ませろ。寺島正孝が姿を見せるかもしれない。あとの二人は青梅に応援にやれ」

「伝えます」

内海副署長が言った。

「手が足りないようなら、署員を捜査本部に吸い上げるから言ってください」

竜崎も言った。

「その時は県警本部からも増員してくれ」

「はい」

板橋課長が言った。「防犯カメラの結果次第では、捜査員を大量に青梅方面に送り込むことになりますから……」

とにかく、やるべきことをやって知らせを待つしかない。

竜崎はそう思った。

13

「え？　一一〇番通報……？」

報告を受けた板橋課長が、そう声を上げた。

竜崎は何事かと、板橋のほうを見た。

電話を受けた係員が報告を続ける。

「はい。青梅署からです。午後六時頃に通報があったと……」

「北上輝記を名乗る人物が一一〇番してきて、助けを求めたということだな？」

「そうです。それで、青梅署員が急行しました」

「それで？」

「その人物を保護したそうです」

「北上輝記なのか？」

「現在確認中のようです」

板橋課長は時計を見てから係員に言った。

「六時半だぞ。通報からここに知らせが来るまで、なんで三十分もかかったんだ」

「警視庁に入電した一一〇番ですから……」

「だからといって、三十分はないだろう」

二人のやり取りを聞いていた内海副署長が言った。

「その係員に文句を言っても仕方がないでしょう」

板橋課長が反論しようとする。

「しかし……」

「通信指令センターからの無線を受けて、青梅署員が現場に駆けつける。そして、通報者を探して見つける。それからもろもろ確認作業をするんです。三十分くらいはかかるでしょう」

「そうかもしれませんが……」

それからしばらくして、再び電話を受けた係員が告げた。

「確認取れました。通報者は北上輝記本人で間違いありません」

板橋課長が確認する。

「身柄は保護したんだな？」

「保護しました。いったん青梅署に運ぶそうです」

「マスコミが嗅ぎつけたら、青梅署に殺到するぞ」

板橋課長が言った。「すぐにこっちに運ぶ手筈を取れ」

「了解しました」

それから係員は恐る恐るという様子で尋ねた。「あの……。黒塗りの公用車がいいですよね……」

有名作家の北上輝記を乗せるので気を使っているのだろう。板橋課長がこたえた。

「何でもいい。急げ」

竜崎は内海副署長に言った。

「ともあれ、無事でよかった。署長に知らせてください。私は本部長に報告します」

「わかりました。あの……」

「何でしょう？」

「北上さんは、署にではなく病院に運んだほうがいいですよね？」

竜崎は板橋課長の顔を見た。

板橋課長がうなずいた。

「健康状態のチェックが必要ですね。そのように手配しましょう」

板橋課長はその旨を係員に告げた。

内海副署長が立ち上がった。

「では、署長室に行ってきます」

竜崎は言った。

「電話でいいのではないですか？」

「朗報は会って伝えたいじゃないですか」

電話のほうが早く伝えられるのにと思ったが、考え方は人それぞれだ。竜崎はうなずいた。

板橋課長が北上輝記の身柄を保護したことを電話で誰かに告げている。ＳＩＳの小牧中隊長だろう。北上の家族にもすぐに伝わるはずだ。

竜崎は警電の受話器を上げて総務課に電話し、佐藤本部長に報告があると告げた。

「無事保護した？　マジだな？」

佐藤本部長が電話の向こうで言った。竜崎はこたえた。

「警視庁青梅署で保護しました」

「え？　神奈川県警じゃないの？」

「今、小田原に運ぶ手配をしています。とりあえず病院に運ぶ予定です」

「いやあ、ほっとしたなあ……。万が一のことがあったらどうしようと思っていたんだ」

「我々もほっとしています。しかし、犯人の逮捕がまだなので、気を抜いてはいられません」

「すぐにマスコミに発表したほうがいいよね」

「北上輝記本人から事情を聞いてからにしようと思っているのですが……」

「いつ事情が聞けるんだ？」

「病院に運びますので、本人の様子次第だと思います」

「朗報は早いほうがいいよ。心配している人も多いだろうし……。取りあえず、無事保護したことだけでも発表したら？」

「では、そうします」

「発表は誰がするの？」

「通常通り、捜査一課の理事官か、刑事部の参事官ですね。所轄では副署長がやると思います」

「わかった。いやあ、でも北上輝記が無事でよかった。じゃあ」

電話が切れた。

板橋課長もすでに小牧中隊長への電話を終えている。

「無事保護したという事実だけを記者発表する」

板橋課長がうなずいて言った。

「ご家族に伝えました。運ばれる病院を教えましたが、かまわないですよね？」

「自宅の周りに、マスコミはいるのか？」

「誘拐の発表で、報道協定がなしになりましたからね。かなりの数の記者やレポーターがいるはずです」

「ご家族が病院に向かうときに、尾《つ》けられないように気をつけてくれ」

「ＳＩＳに言ってあります」

また余計な指示をしてしまった。竜崎は反省した。

午後七時に、県警本部と小田原署で同時に記者発表をした。その場から記者がメールで記事を送る。

七台のテレビの画面にも変化が表れた。次々と速報が流れる。

テレビでもレポーターや記者が現場から、北上輝記が無事保護されたことを知らせた。

不思議なもので、視聴者の様子などわかるはずがないのに、竜崎は画面を見て日本中が安堵するのを実感していた。

テレビを眺めていた竜崎に、板橋課長が言った。

「今日も帰宅されてはいかがですか？」

「犯人が捕まったわけじゃないんだ。捜査本部の役割が終わったわけじゃない」

「しかし、取りあえず最大の危機は去りました」

最大の危機というのは、もちろん北上輝記の生命の危機だ。

「それはそうだが、まだ寺島の足取りがつかめていない」

「それは捜査員の仕事です」

幹部はお呼びでないということか。

まあ、板橋課長の気持ちもわからないではない。捜査の現場に部長などがいたら、捜査員や係員は気を抜けないのだ。

みんなが余計な気を使ってしまう。捜査に集中するためには現場には偉い人などいないほうがいい。それが板橋課長の本音なのだ。

北上輝記を無事保護したことで、誘拐捜査が一段落したことも事実だ。

「わかった。では、明日また出てこよう」

「はい」

「君もちゃんと休んでくれ」

「私のことは心配いりません」

竜崎は席を立った。


公用車が部長官舎のマンションに到着したのは、午後九時頃だった。

玄関で冴子が言った。

「お帰りなさい。北上輝記、無事だったんですって」

「ああ。保護した」

「よかったわね。ご苦労さま」

食事の用意ができていたので、着替えるとすぐにテーブルに着いた。夕食の習慣で、三百五十ミリリットルの缶ビールを一本だけ飲む。

いつもより酔いが回るような気がした。意識はしていなかったが、やはり安堵しているのだろう。

台所に行った冴子に尋ねた。

「邦彦は？」

「出かけてる」

「どこに？」

「知らない。友達と会ってるんじゃない？　デートかもしれないし……」

「デートの相手がいるのか？」

「さあね」

大学のことを話し合わねばならないと思っていた。言いたいことは言ったが、邦彦が納得したとは思えない。だから、さらに意見の交換が必要だと思っていたのだ。

だが、いないのなら仕方がない。

「美紀は？」

「仕事よ」

「相変わらず、遅いんだな」

「広告業界は大変なのよ」

「大変なのはどこも同じだ」

食事を終えると、風呂に入ることにした。そして、自分のベッドで眠る。

偉くなるのは、やはりいいことだと、竜崎は思った。今頃、捜査本部の面々は風呂にも入れず、眠ることもできずにいる。

こうして自宅でゆっくり休めるのも、偉くなったからだ。

その反面、責任は増えた。それが出世するということなのだ。おそろしい重責と引き換えにこうした一時の安らぎを得られるのだ。

だから、何も捜査員たちに気兼ねすることはない。竜崎は自分にそう言い聞かせた。

そして、眠りに落ちた。


翌日は、九月二十日金曜日だ。小田原署に行く途中に県警本部に寄ることにした。午前九時にまず刑事部長室に行き、そこから総務課に電話をして佐藤本部長に会いたいと言った。

すぐに会えるということなので、本部長室を訪ねた。

「何？　何か進展があった？」

「昨日のことを改めて報告しようと思いまして……」

「律儀だね」

「電話で済むのに署長に報告に行った内海副署長を見習おうと思いまして」

「警視庁青梅署が身柄を保護したんだったな」

「そうです」

「どういう経緯で？」

「本人が一一〇番通報をして助けを求めたのだそうです」

「それが青梅署の管内だったってこと？」

「そのようです」

「犯人の目星は？」

「誘拐に使用した車両の持ち主と、事件当時運転していたらしい人物が判明しています」

「車の持ち主が運転してたんじゃないの？」

「持ち主の孫が乗っていたようです」

「誘拐の実行犯はその孫ってこと？」

「それはまだわかりません。しかし、何らかの事情を知っているものと思われます」

「そんなマスコミ向けの言い方しなくてもいいよ。ぶっちゃけどうなの？　そいつが犯人？」

「誘拐で逮捕状を取り、指名手配しています。ですが、犯人かどうか身柄を取って調べてみなければわかりません」

佐藤本部長はうなずいた。

「何かわかったら、すぐに知らせてよ」

「承知しました」

「部長は会ったの？」

「は……？」

「北上輝記だよ」

「いいえ。病院に運ばれましたので、私は会ってはいません」

「この先は？」

「自宅か小田原署で事情を聞くことになると思いますが……」

「そのときに、会ってみるといいよ。北上輝記に会えるなんて、滅多にないことだからさ」

「わかりました。考えておきます」

あまり興味がなかったので、そうこたえることにした。

「では、これから小田原署に向かいます」

「ああ、ご苦労さん」

本部長室を退出して、エレベーターホールにやってくると、そこで八島に会った。

「やあ、北上輝記は無事だったようだな」

「無事だった」

「だけど、保護したのは警視庁青梅署だっていうじゃないか」

「そうだ」

「それ、まずいよなあ」

「何がまずいんだ？」

「そういうの、本部長、気にするんじゃないのかなあ」

「別に気にされてはいなかった」

「え……」

八島の顔から笑いが消えた。「本部長と話をしたのか？」

「報告に来たんだから、当然話はする」

「気にしてなかったって？」

「事情をちゃんと説明したからな」

「どんな事情だ？」

「おまえにそれを報告する義務はない」

「その言い方は不愉快だな」

「捜査情報だから、話したくても話せない。じゃあな」

竜崎はやってきたエレベーターに乗り込んだ。八島と話をするのは時間の無駄でしかないと思った。


小田原署の捜査本部に着いたのは午前十時過ぎだった。幹部席には、兵藤署長と内海副署長が顔をそろえている。

兵藤署長はご機嫌の様子だった。内海副署長は昨日と変わらない。

「記者の前で北上輝記が無事に保護されたと発表するのは、実に晴れやかな気分でした」

竜崎は尋ねた。

「署長が記者発表をされたのですか？」

「ええ。私がやりました」

「副署長の役目だと思っていましたが……」

「普段はそうですが、重要な発表でしたから」

おいしいところを持っていったということだろう。

内海副署長を見ると、ただ穏やかに笑みを浮かべているだけだ。

「そうですか」

竜崎は言った。「それはご苦労さまでした」

「部長のご指示に従い、電話対応を減らしたところ、署の機能が円滑さを取り戻しました。いやあ、いいことずくめです」

「それはよかった」

竜崎は板橋課長に言った。「北上輝記は今どこにいる？」

「自宅に戻っています」

「話は聞けたのか？」

「ＳＩＳが自宅に残っていて、事情を聞きました」

「犯人の手がかりは？」

「車に乗せられてからずっと目隠しをされていたということで、犯人についての証言はありません」

「車に乗せられるときに、犯人を見ていないのか？」

「突然のことで、見てないと証言しています」

「目隠しをされていたと言ったな？」

「ええ。その状態で、ずっと車で連れ回されていたようです」

「用足しはどうしていたんだ」

トイレの話は重要だ。用足しのときに目撃されることがしばしばあるのだ。犯人が目隠しのまま北上輝記を連れまわしていたとしたら、誰かに見られていてもおかしくはない。ＳＩＳなら当然それを確認したはずだと、竜崎は思った。

「それについては、まだ聞いてませんね。詳しい話は改めて聴取しようと思っています」

「わかった」

竜崎は板橋課長たちに任せることにした。事態が差し迫っているときには、無理をしてでも話を聞く必要があるが、被害者が保護された今はそんな緊急性はない。

「あの……」

兵藤署長が竜崎に言った。「記者会見などの必要はないでしょうか？」

竜崎は思わず聞き返した。

「記者会見……？」

「はい。北上輝記と我々小田原署の会見です」

「捜査の途中なんです」

竜崎は言った。「今はその時期ではありません」

「あ、そうですね」

兵藤署長は残念そうだ。小田原署の手柄を世間にアピールできるチャンスだとでも思ったのだろうか。

竜崎は再び板橋課長のほうを向いて言った。

「その後、寺島の足取りは？」

「九月十九日の青梅駅の防犯カメラ映像に、それらしい人物が映っていました」

「やはり、ＪＲ線を使ったのか」

「立川駅の映像ではまだ確認できていないので、どこに向かったかは不明です」

「そうか」

竜崎と板橋課長の会話が途切れると、兵藤署長が言った。

「では、私は署長室に戻ります。何かあれば連絡ください」

「わかりました」

竜崎以外の全員が気をつけをして署長を送り出した。

「申し訳ありません」

内海副署長が言った。「署長は緊張が解けて少々気がゆるんでいるようです」

竜崎はこたえた。

「署内に捜査本部ができるというのは、大きな負担です。金銭的にも、物理的にも……。その心理的な重圧は理解できます」

「そのお言葉はありがたいです」

そのとき、竜崎の携帯電話が振動した。

伊丹からだった。

14

「北上輝記が無事に帰ってきたようだな」

「ああ。自宅に戻った」

「日本中がほっとしているぞ」

「日本中というのはおそらく正確な言い方じゃない。関心がない人々もかなりいるはずだ」

「みんな喜んでいるんだから、そういう水を差すような言い方をするなよ」

「警察幹部なんだから、正確な発言を心がけるべきだ」

「そっちは被害者無事保護でうらやましいよ。こっちは難航している」

「殺人の捜査か」

「ああ。被害者の身元はわかったんだが、そこから先になかなか進めない。現場は賃貸のアパートで防犯カメラなんか付いていなかったしな……」

昨今は、防犯カメラやドライブレコーダーの映像が捜査におおいに役立っている。映像から被疑者が特定される例が少なくない。

「刺殺だったか」

「ああ。遺体に刺創が残っていた」

「だったら、犯人は返り血を浴びているはずだな」

刺殺するほど刃物を深く刺したら、その返り血は半端ではないのだ。刺しっぱなしだとそうでもないが、凶器を抜いたら大量に血が噴き出す。

「血まみれの人物の目撃情報もない」

「犯行時刻は？」

「九月十六日の午後十時から十七日の午前二時頃の間だな」

「誘拐があった日だ」

「ああ。そっちは誘拐、こっちは殺人。とんでもない日だよな」

「被害者は戻ってきたが、こちらもまだ誘拐犯を捕まえたわけじゃないんだ」

「そうだったな。お互いに多忙ってわけだ。じゃあな」

電話が切れた。

多忙なら電話などしてこなければいいのにと思いながら、竜崎は携帯電話をしまった。

寺島正孝の身柄を確保したという知らせが入ったのは、午後五時頃のことだった。

電話を受けた係員が板橋課長に告げた。

「新宿署に身柄があります」

「また警視庁か……」

板橋課長がつぶやいたので、竜崎は言った。

「しょうがない。寺島の自宅は東京だし、本人も東京にいたんだろうから」

係員の報告が続いた。

「新宿の交番に自首してきたんだそうです」

「自首？」

「指名手配されているのを知って、逃げられないと思ったらしいです」

板橋課長が言った。

「捜査員を新宿署にやって、寺島の身柄をこっちに運ぶように手配させろ」

「了解しました」

竜崎は言った。

「いちおう新宿署に挨拶を入れておいたほうがいいだろう」

「そうですね」

板橋課長が言う。「電話しておきます。そうすれば揉めることもないでしょう」

彼は警電の受話器を取った。

内海副署長が竜崎に言った。

「意外とあっけない幕切れでしたね。これで、寺島の自供が取れれば、一件落着です」

「そうとも限りません。まずは、話を聞いてみないと……。被疑者を落とすのに手こずることもあります」

「自首してきたんでしょう。素直に自供するでしょう」

「そう思いたいですが……」

「何か気になることでも……」

「被害者が無事に保護されたと思ったら、今度は被疑者が自首してきた……。何だか、うまくいき過ぎのような気がしましてね。こういうときは、かえって不安になるんです。何か落とし穴があるんじゃないかと……」

「ああ、その気持ちはわかります。でも、今回はだいじょうぶでしょう」

「そうだといいのですが」

電話を切った板橋課長が言った。

「身柄を取りに行ったら、すぐに引き渡してくれるということです」

「ずいぶん協力的だな」

「向こうはそれどころじゃないんでしょう」

「それどころじゃない？」

「殺人事件の捜査が難航しているようですから……」

「ああ、そのようだな。だが、所轄は高井戸署だったはずだ。新宿署は関係ないだろう」

「何かと影響はありますよ。同じ方面なんでしょう？」

「どちらも第四方面だ」

「だったら神奈川県の誘拐事件に関わっている余裕はないでしょう」

「そうかもしれない」

「身柄は小田原署に運びますが、よろしいですね」

「ああ、それでいい」

それから一時間半後の午後六時半頃、寺島正孝の身柄が到着した。すぐに取り調べを始める。

取調官は、ＳＩＳの小牧中隊長が担当するようだ。誘拐などの特殊犯の専門家だから適任だろうと、竜崎は思った。

取り調べが始まると、板橋課長が言った。

「早々に吐いてくれるといいんですが……」

竜崎は尋ねた。

「移送の間の様子はどうだったんだ？」

「おとなしかったということです。……というか、すっかりびびっていたらしいですね」

「だったらすぐに自供するんじゃないのか」

「私もそう思いますが……」

竜崎は、寺島が自供するまで帰らないつもりだった。いちおう長丁場も覚悟していた。

だが、小牧中隊長が三十分ほどで戻ってきたので、肩透かしを食らったような気分になった。

板橋課長が小牧中隊長に尋ねた。

「吐いたか？」

小牧中隊長の表情は冴えない。被疑者を落とした捜査員の顔ではない。

「それが……」

小牧中隊長が言った。「寺島は命令されて犯行に及んだと言っています」

板橋課長が聞き返した。

「命令された？　誰に？」

「闇バイトだと言っています」

「闇バイト？　闇サイトでバイトに応募したということか？」

「本人はそう言っています」

「誰に雇われたんだ？」

「知らないと言っています。ロシア人によって開発されたＳＮＳで指示されたようです」

「会ったこともないやつから指示されて、誘拐を実行したというのか。一昔前では信じられないことだが……」

「最近ではけっこうあるパターンですね」

「まったくの素人が、バイト感覚で犯罪に加担するなんて、世間をばかにしているよな。俺たち警察もなめられたもんだ」

竜崎は言った。

「形が変わっただけだろう」

板橋課長が聞き返す。

「形が変わった……？」

「素人が犯罪に加担するのは、昔からあることだ」

「しかし、ネットが犯罪のハードルを下げたことも確かでしょう」

「それは言えるが、間違ってはいけないのはネットやＳＮＳが悪いわけじゃない。悪いのはそれを利用する犯罪者だ」

「それはわかっているつもりですが……」

竜崎は小牧中隊長に尋ねた。

「嘘をついているわけじゃないんだな？」

小牧中隊長は、わずかに姿勢を正してからこたえた。

「確認は取れておりませんが、嘘ではないという心証を得ております」

ＳＩＳといえば、捜査員であると同時に優秀な交渉人でもある。彼の判断は信頼できるはずだと、竜崎は思った。

「だとしたら、別に主犯がいるということだ」

竜崎の言葉に、板橋課長と小牧中隊長が同時にうなずいた。

板橋課長が小牧中隊長に言った。

「寺島から聞き出せる限りのことを聞き出すんだ。何か主犯につながることを知っているはずだ」

「了解しました」

「主犯の人物は、寺島の車には同乗していないのか？」

「していないようです」

「闇バイトと言ったな。バイト料の授受はどうしたんだ？」

「車のフロントガラスのワイパーに封筒が挟んであり、それに五十万円入っていたそうです」

「五十万円……」

板橋課長がつぶやいた。「その金額で、北上輝記の誘拐をやったというのか……」

天下の大作家を誘拐するには安い対価かもしれない。だが、無職の若者には大金なのではないだろうか。

「何が、さすがなのでしょう」

竜崎は尋ねた。

内海副署長がそう言うと、板橋課長が怪訝そうにそちらを見た。

「さすがですね」

小牧中隊長が、幹部席に一礼してから捜査本部を出ていった。

「頼む」

「では、取り調べを続けます」

「わかった。やれることはすべてやってくれ」

「はい。犯人からの電話を録音してあります。その声と寺島の声を比較してみます。一致しなければ、その電話は主犯からかかってきたものである可能性が高いです」

「声紋？」

小牧中隊長が言う。「声紋もチェックしてみましょう」

「了解です」

主犯は寺島の車には乗っていない。つまり、車内から犯人の痕跡は見つからない。ダメ元で封筒を探すしかないのだ。

破棄された封筒が見つかる可能性は少ない。だが、それでも探してみるのが犯罪捜査だ。

「どこに捨てたのか聞き出して捜索しろ。見つければ犯人の痕跡を見つけられるかもしれない」

「捨てたと言っています」

「その封筒はどうした？」

「闇バイトの犯行だなんて、期待外れもいいとこです。なのに、捜査一課長も特殊犯中隊長も、気落ちした様子を見せません。その前向きな姿勢がさすがだと思いまして……」

板橋課長が言った。

「気落ちしている暇などないのです。それに、主犯でないとしても、誘拐に関わった寺島の身柄が取れたことは大きいです。いろいろな手がかりを彼から引き出すことができるはずです」

内海副署長がさらに言う。

「捜査のプロというのは、頼もしいですね」

そのとき、携帯電話が振動した。竜崎は着信を確認した。

「梅林賢からだ」

電話に出た。

「北上が無事だったんだね？」

「はい。今は自宅にいらっしゃるはずです」

「そうか。それはよかった。本人のためにも、警察のためにもな」

「そうですね」

「犯人はまだ捕まらないのか？」

寺島確保のニュースはまだ流れていない。記者発表がまだなのだ。

「そういうことは、おこたえできません」

何度も同じようなやり取りをしているので、梅林賢もわかっているはずだ。こたえが返ってこないのを承知の上で訊いているのだろうか。それとも、うっかり竜崎がこたえるとでも思っているのか。

あるいは、彼にとってはそんなことはどうでもいいのかもしれない。

「会いに行かれますか？」

「北上にか？　いや、そのつもりはない。そんなに親しい間柄じゃないんでね」

「お親しいのではないのですか？」

「無事だったということがわかればそれでいい。わざわざ自宅に駆けつけるほど親しくはない。作家同士の付き合いなんて、そんなもんだ」

「そうなのですか？」

「ああ。基本的には皆、商売敵だからな」

「なるほど……」

「電話したのはな、腑に落ちないからなんだ」

「腑に落ちない……？」

「まあ、もっとも俺は事件のすべてを知っているわけじゃない。報道されているのって、全部じゃないんだろう？　だから、筋が通らないのかもしれない」

竜崎は興味を覚えた。

「どういうふうに筋が通らないんですか？」

「俺の知る限りじゃ、犯人からの金品の要求はなかったんだろう？　そんな誘拐ってあるかい」

「金目当てではない誘拐の例はいくらでもあります」

「金じゃなきゃ性欲だろう。性的な目的で異性を誘拐するってのはわかるよ」

「そういう場合に異性などと限定すると、昨今では問題になりますよ」

「ふん、問題にでも何でもしてくれ。俺はそういう話をしているんじゃないんだ。北上を誘拐したやつの目的がさっぱりわからないと言ってるんだ」

「世間を騒がすことが目的だということでは納得できませんか」

「納得できないね。それで、犯人はどんな得をした？」

「得をしたとは思えませんね」

「そうだろう。犯人の要求は、誘拐したことをマスコミを通じて世間に公表しろということだけだろう」

「それをよそで言わないでください」

「言わないよ。ただな、それだけじゃ犯人の目的がまったくわからないわけだ」

「そうですね」

竜崎は言った。「警察でもそのあたりのことが問題になっています」

「それについて、何か情報があるんじゃないのか？」

「特にありません」

「本当か？　世間に隠していることがあって、それを知れば犯人の誘拐の目的がわかるんじゃないのか？」

そうだろうか。竜崎はこれまでに捜査で知り得た事柄を頭の中で検証してみた。それで犯人の目的がわかるとは思えなかった。

「私が知っていることと、あなたが知っていることは大差ありません」

「そんなはずあるか。あんたは刑事部長だろう？」

「重要なことは記者発表しています。我々だけが知っているとしたら、大勢《たいせい》に影響のない細かな情報だけです。ですから、判断材料としては大差ないわけです」

「だとしたら、あんたにも犯人の目的がわかっていないということだな」

「わかっていません」

「本当かな……。俺に嘘を言ってるんじゃないのか？」

「嘘をつく理由がありません」

「理由はあるさ。俺にしゃべったら、それをマスコミに売るかもしれない」

「そんなことをしても、あなたには何のメリットもないでしょう」

「人間は時に、メリットなどは考えずに行動するものだ」

竜崎はしばし考えてから言った。

「今回の犯人もそうなのかもしれません」

梅林は即答した。

「いや、そうじゃない」

「なぜ、そう言い切れるんです？」

「誘拐は周到に準備されたものだったんだろう？　少なくとも、北上の行動パターンを知っていたはずだ。でなけりゃ、手際よく誘拐などできない」

「どうして手際がよかったとご存じなのですか？」

「誘拐が実行されたとき、騒ぎになっていなかったじゃないか。手際が悪かったら、もっと目撃者がいたはずだ。そうだろう」

「たしかに、短時間で犯行を終えているようです」

「メリットのことなど考えずに行動するのは、たいてい行き当たりばったりの場合だ。計画を練って準備をするようなときは、何かメリットを考えているに違いないんだ」

「おっしゃることの意味はわかります」

「しかしね」

梅林が溜め息をついた。「いくら考えても犯人にとってのメリットがわからない。だからさ、警察は何か知ってるんじゃないかと思って……」

「先ほども申しましたように、判断材料はあなたも警察もそれほど差はありません」

「だったら筋が通らないだろう。そもそも犯人は、どうして誘拐事件など起こしたんだ？　誘拐が起きる前と起きた後で、いったい何が変わったんだ？」

竜崎はますます興味を引かれた。

「それについて、何かお考えがあれば、聞かせてください」

「考えなんてないよ。わからないんだよ。だから言ったんだ。腑に落ちないって」

竜崎はまたしばらく考え込んだ。

そのとき、再び小牧中隊長がやってくるのが見えた。

竜崎は電話の向こうの梅林に言った。

「申し訳ありません。これで失礼しなければなりません」

「ああ。忙しいところ済まなかった」

「あの……」

「何だね？」

「また、事件についてのお考えをうかがいたいのですが」

「俺はいつでもかまわんよ。だが、その代わり条件がある」

「何でしょう」

「捜査情報は話せないなどと言って、隠し事をしないことだ」

「それは約束できません」

梅林は笑った。

「まあいい。いつでも連絡をくれ」

電話が切れた。

「何か聞き出せたか？」

板橋課長が小牧中隊長にそう尋ねるのが聞こえた。小牧中隊長がこたえる。

「誘拐実行時の経緯を細かく聞きました。それを確認するために、北上輝記に会いにいこうと思うのですが……」

板橋課長がうなずいてから、竜崎に言った。

「部長も行かれますか？」

俺はいいと言いかけて、佐藤本部長の言葉を思い出した。

「会ってみるといいよ。北上輝記に会えるなんて、滅多にないことだからさ」

佐藤本部長はそう言ったのだ。たしかにそうかもしれないと竜崎は思った。

「行ってみよう」

竜崎は言った。「俺も直接話を聞きたい」

15

北上輝記の自宅は、竜崎が想像していたのとはずいぶん違っていた。高名な作家と聞いて、古風な和風の一軒家を思い描いていた。あるいは、豪華な洋館かもしれないと思っていた。

実際の邸宅は、どこにでもありそうな二階建ての家だ。ささやかな庭があるが、特に手入れがされているようには見えなかった。

決して粗末なわけではない。だが、正直に言うと、有名作家はもっと贅沢な生活をしているのではないかと思っていた。

家の中も、取り立てて豪華なわけではなかった。名画や高価な壺などが飾ってあるわけでもない。

リビングルームやダイニングルームのたたずまいは竜崎の家とそれほど差はない。

竜崎、板橋課長、小牧中隊長の三人は、客間に通された。革張りのソファとローテーブルの応接セットが置かれている。

三人が部屋の中で立っていると、男が一人やってきた。その髪のほとんどが白くなっている。髪はやや長めだ。

小牧中隊長が言った。

「北上輝記さんです。北上さん、こちらは竜崎刑事部長と板橋捜査一課長です」

北上輝記は小さく会釈した。

「北上です。まあ、お座りください」

竜崎が腰を下ろすと、次に板橋課長、最後に小牧中隊長がソファに腰を下ろした。

小牧中隊長が言った。

「体調はいかがでしょうか？」

北上輝記は眼を伏せたままこたえた。

「悪くはありません。悪ければ、こうしてお目にかかってはおりません」

「ごもっともです」

「何か、訊きたいことがあるということでしたが……？」

小牧中隊長はうなずいてから言った。

「誘拐された経緯を詳しくお教えいただきたいと思いまして……」

「わかりました。どこからお話ししましょう？」

「九月十六日月曜日の午後五時頃、あなたはこの近所を一人で歩いていたのですね？」

「ええ。日課の散歩をしていました」

「すると、車が停まって、あなたはその中に連れ込まれた……」

「はい。あっという間の出来事で、何が起きたのかわからなかった……。ああいうとき、人間は抵抗することもできないのですね」

そうなのだろうなと、竜崎は思った。パニックになった人間はまず固まってしまうのだ。

小牧中隊長の質問が続いた。

「そのとき、犯人の顔を見ましたか？」

「いいえ。すぐに目隠しをされましたから……」

「犯人が何人だったかわかりますか？」

「わかりません。目隠しをされて両手を何かで縛られ、車の座席に転がされました」

「それから……？」

「ずっと車の中にいました。車は走り続けていました」

「三日以上経ってから解放されたわけですね？」

「どれくらい時間が経っていたかはわかりませんでした」

「どういうふうに解放されたのですか？」

「車が停まり、手の縛《いまし》めを解かれました。目隠しはされたままでした」

「それから？」

「百数えてから目隠しを取るように言われました」

「言われたとおりにされたのですね？」

「従うしかありませんでした。逆らう度胸なんてありません」

「そのあとは、どうされました？」

「目隠しを取ると、車の中には私しかいませんでした。近くに犯人がいるのではないかと思い、しばらく様子を見ていました。誰も近づいてこないし、周囲に人影はなかったので、車を降りました。そして、すぐにその場を離れました。そこがどこか見当もつかなかったのですが、とにかく車から離れようと思いました」

「車を降りてからの行動は……？」

「電話を探したのですが、最近は公衆電話もなかなか見つかりません。コンビニがあったので、そこの店員に一一〇番してもらいました」

「店員が一一〇番したのですね？」

「すぐに電話を代わりました。一一〇番の係員にその場を動くなと言われたので、コンビニの中にいました。しばらくすると、警察官がやってきて……」

青梅署員に保護されたというわけだ。

北上輝記の話に不自然な点はないと、竜崎は思った。捜査本部で把握している事実と一致しているように思える。

「三日以上、ずっと車の中にいらしたということですか？」

「ほとんど車の中でした」

「ほとんどということは、外に出たことがあったのですね？」

「用足しに出ました」

「トイレということですね？」

「そうです」

「そのときに、犯人の姿を見ませんでしたか？」

「目隠しをされたままでした」

「目隠しをされたまま……？」

「個室に入れられました。そこで初めて目隠しを取りました。目隠しをしたままだと小も大も用が足せないので……」

「どこのトイレでしたか？」

「どこの……？」

「つまり、どんな場所のトイレだったか知りたいのです。コンビニなどの店の中なのか、レストランなどのトイレなのか……」

コンビニやレストランはあり得ない。従業員やほかの客の眼がある。目隠しをした人物を連れ歩いていたら、それだけで注目されるだろう。通報される可能性もある。

小牧中隊長はあくまでも例として挙げただけなのだ。

北上輝記がこたえた。

「公園か何かの公衆便所のようでしたね」

「公衆便所……」

「はい。人気《ひとけ》がありませんでしたし、薄暗かったですから……」

「個室内で目隠しを取り、出るときにまた自分で目隠しをしたということですか？」

「そのとおりです」

人質はたいてい犯人の言いなりになる。……というか、しばしば犯人に対して協力的だ。犯人の機嫌を損ねたくないので、自ら犯人が気に入るように振る舞おうとするのだ。

北上輝記がおとなしく自ら目隠しをしたというのは、そういうことだろう。

「トイレを出るとまた、車に戻ったのですね？」

「はい」

「トイレには何度行きましたか？」

「さあ……。いちいち数えてはいませんから……」

「食事はどうされていましたか？　三日間何も召し上がらなかったわけではないでしょう？」

「犯人が買ってきたものを、車の中で食べました。計六回、何かを食べたり飲んだりしましたから、一日に二回の食事だったということです」

小牧中隊長はうなずいて、板橋課長の顔を見た。何か訊くことはないかと、無言で尋ねているのだ。

板橋課長が言った。

「車の中で、犯人と話はしませんでしたか？」

北上輝記はかぶりを振った。

「ほとんどしていません。ただ、命令されるだけです。ずっと車の中でいっしょだったわけですが、相手は驚くほど無口でした」

「何か特徴を覚えておいでではないですか？」

「特徴……」

「声に特徴はありませんでしたか？　あるいは話し方とか……。方言はありませんでしたか？」

「若い男性の声だったと思います。方言は特になかったように思います。……とは言っても、私にはよくわからないのですが……」

「出身は小田原ですか？」

「いいえ。生まれたのは横浜《よこはま》です」

「ここにはいつからお住まいです？」

「二十年ほど前ですね」

「犯人は、地元の人のようでしたか？　それともよその土地の人間だったでしょうか？」

板橋の質問に、北上輝記はしばらく考えてからこたえた。

「わかりません。会話をしたわけじゃないんで……」

「そうでしたね」

今度は板橋が竜崎の顔を見た。

竜崎はかぶりを振った。特に質問は思い浮かばなかったのだ。

北上輝記が言った。

「さて、もうじき十時になります。そろそろ休みたいのですが……」

竜崎は尋ねた。

「いつもこのくらいにお休みになるのですか？」

誘拐の捜査には関係ない質問だが、訊いてみたかった。

北上輝記がこたえた。

「いいえ。たいていは一時か二時近くまで起きています」

「夜に原稿を書かれているのですか？」

「はい。どちらかというと、私は夜型です。毎日ではありませんが、夜に仕事をしていることは少なくありません」

「執筆はどちらで……？」

「仕事部屋があります。そこでパソコンに向かっています」

「ほう……」

竜崎は言った。「パソコンで執筆なさるのですね？」

大作家は名前入りの原稿用紙に万年筆で原稿を書いているというイメージを抱いていた。

「はい」

北上輝記は、こたえた。「パソコンがあるおかげで、私は執筆を続けられます」

この一言は大げさなのではないだろうか。

北上輝記の話が続いた。

「原稿はテキストエディタで書きます。検索しながら執筆できるので、パソコンというのは便利なものです」

竜崎は言った。

「梅林さんもそうなのですか？」

「彼は手書きです。人それぞれですよ。いまだに手書きの人は少なくありません。パソコンのキーボードだと、紙に書くときと感覚がかなり違うので、それは作品にも影響するだろうと言う同業者もいます」

「それについて、あなたはどう思われますか？」

「何も思いませんよ」

「何も思わない……？」

「ええ。手書きであろうが、パソコンを使おうが、それで作品の内容が変わるとは思えませんから」

そのとき、板橋課長がそっと目配せをした。それに気づいて、竜崎は言った。

「お疲れのところ、しかも夜分に申し訳ありませんでした。では、我々はこれで失礼します」

北上輝記は、ただ無言でうなずいただけだった。

北上輝記の自宅を出ると、竜崎は言った。

「さて、捜査本部に戻るか」

板橋が言う。

「このまま、帰宅されてはいかがですか？」

「そう煙たがるな。今から帰るより、小田原署で休んだほうがいい」

当番が仮眠を取る場所が、警察署には必ずある。そこで蒲団にもぐり込めばいいと、竜崎は考えていた。

そのとき竜崎は、小牧中隊長が冴えない表情をしているのに気づいた。

「どうした？」

竜崎は小牧中隊長に声をかけた。「何か気になることでもあるのか？」

小牧中隊長は、慌てた様子でこたえた。

「あ、いえ……。北上さんの証言は、寺島の供述と一致していました」

「では、やはり寺島が犯人ということでいいんじゃないのか？」

「しかし……」

「しかし？」

「ぴたりと一致しているんです」

竜崎は眉をひそめた。

「だから、それで問題はないだろう」

「一致し過ぎるような気がするんです」

「どういうことだ？」

「誘拐の被害者の記憶というのは、かなり曖昧なことが多いんです。でも、北上さんの証言はどれもとてもはっきりとしていました」

すると、板橋課長が言った。

「一流作家ってのは、やっぱり頭の出来が違うんだよ」

小牧中隊長が応じる。

「いやあ、自分もそう思いましたね。被害者っていうのは、動転していて記憶が断片的なことが多いんですが、北上さんのお話はとても体系的でしたよね」

竜崎は言った。

「たしかに質問に対するこたえはどれも明確だった」

「むしろ、被疑者の寺島の話のほうが、はっきりしないことが多いように感じました」

板橋課長が言った。

「それは、寺島が、供述どおり誰かに命じられて犯行に及んだということを裏付けているのかもしれないな」

　小牧中隊長が言った。

「そうとも言えますね」

　竜崎は言った。

「誰かに言われたとおり動いただけなので、細部を記憶していなかったということか」

　小牧中隊長がうなずいた。

「はい」

「しかし……」

　竜崎は言った。「それは、北上さんの記憶がはっきりしていることとの説明にはなっていないな」

「ですから」

　板橋課長が言う。「闇バイトで誘拐をやるようなやつとは、頭の出来が違うってことですよ」

　雑な言い方だが、板橋課長の言いたいこともわかると、竜崎は思った。多くの人から支持される小説を生み出す頭脳というのは、やはり普通とは違うはずだ。

　小田原署の捜査本部に戻ると、内海副署長が竜崎に言った。

「当直室を用意させました。必要ならそこでお休みください」

　竜崎が帰宅しないのを見越してのことだろう。

「ありがたく使わせていただきます」

　おそらく、今夜そこを使う予定だった当直の者は、竜崎に寝床を奪われたことになるのだろう。少々申し訳ない気もしたが、断ると逆に気を使わせることになると思った。

午後十一時半を回った頃、竜崎はその当直室に行った。そして、蒲団にくるまった。

翌日は土曜日だったが、もちろん捜査本部には土日など関係ない。竜崎は身支度を整えて、午前九時に捜査本部にやってきた。

幹部席に内海副署長の姿があったが、兵藤署長はいなかった。

捜査員たちといっしょに板橋課長も気をつけをしていた。警察の習慣なのだから仕方がない。

席に着くと竜崎は内海副署長に言った。

「土曜日ですから、署長はお休みのようですね」

「いえ、ほかに用事があるのだと思います」

内海副署長は出会ってからこれまで、他人を貶《おとし》めるようなことはほとんど言っていない。この人は信用していいと、竜崎は思っていた。

「寺島の取り調べは？」

竜崎が尋ねると、板橋課長がこたえた。

「八時半から、小牧中隊長が再開しています。進展はないようですね」

「闇バイトで命じられてやったという供述を覆していないということだな？」

「はい」

「主犯の手がかりは？」

「それを聞き出そうとしているのですが、まだ何も……」

「闇サイトについては？」

「今、担当者が調べています」

「そうか」

それからしばらく、竜崎は捜査員たちの動きを眺めていた。寺島の身柄確保で盛り上がった捜査本部の雰囲気も、今はすっかり沈静化している。

被疑者確保で事件解決かと誰もが期待したが、主犯が他にいそうだということになり、振出しに戻ったような気分になったのだ。

だが、振出しに戻ったわけではないと、竜崎は思った。少し寄り道をしただけで、確実に前に進んでいるのだと思うことにした。

午前十時になると、竜崎はふと思い立って、梅林賢に電話してみた。また、事件についての意見を聞きたかった。

なぜか、梅林賢と会って話をすると、頭脳の回転がよくなるような気がした。彼にも予定があるだろうから、会えるかどうかはわからない。だが、ダメ元で電話することにしたのだ。

梅林賢が出ると、竜崎は言った。

「もし、ご都合がよろしければ、またお話をうかがいたいのですが……」

「犯人が捕まったんじゃないのか？　今さら、何の話が聞きたいというんだ？」

「電話では話しづらいので、お目にかかってお話ししたいのですが……」

「警察は強引だな」

「無理にとは申しておりません。もし、お時間がありましたら……」

「世間の人は、作家は暇でぶらぶらしていると思っているようだがね。実際は、やることがたくさんあるんだよ。北上みたいなやつは締切なんぞあってないようなものだが、俺はすぐに締切がやってくる」

「お忙しいということですね。では、また改めて連絡させていただきます」

竜崎が電話を切ろうとすると、梅林賢が言った。

「待て待て。誰も時間が取れないとは言っていない」

「場所を指定していただければ、どこにでも出かけます」

「こっちから出向くよ。また小田原署でいいな？」

「では、前回と同じ部屋を用意します」

「わかった。三十分後にうかがう」

電話が切れた。

竜崎は、応接室を使わせてもらえるよう内海副署長に頼んだ。内海副署長はすぐに段取りをしてくれた。

16

約束どおり三十分後に、梅林賢が受付にきたという知らせがあり、竜崎は応接室に移動した。

「さて、俺に何を聞きたいんだ？」

テーブルを挟んで竜崎と向かい合うと、梅林賢が言った。

「昨夜、北上輝記さんのご自宅にうかがいました」

「そうか」

「誘拐されてから解放されるまでのことを詳しくうかがいました。どんな質問にも明快におこたえになるので、さすがだと課長や中隊長が言っていました」

「ああ、あいつはそういうところ、きっちりしてるんだよ。公務員なんか向いていたんじゃないかな」

「おっしゃりたいことはわかりますが、公務員向きだとは思えません」

「言葉のアヤだよ」

「ちょっと意外でした」

「意外？　何が」

「有名な作家は、豪邸に住んでいるものと思っていましたので……。立派な和風の家屋か、瀟洒《しょうしゃ》な洋館……。そんなところにお住まいのイメージがありまして……」

「そりゃあ、明治・大正か、昭和の初期の文豪たちのイメージだろう。今は、家が持てるだけで御の字だよ。作家なんて、そんなに儲かる仕事じゃないんでね……」

「そうなんですか？」

「大半の出版社は中小企業で、業界のパイ自体が限られているからな。まあ、北上は稼いでいるほうだけどね」

「あなたはどうなのですか？」

梅林賢は笑みを浮かべて言った。

「部長は、本当に遠慮なくものを言うね。普通、そういうことは直接は訊きにくいものだがな……」

「わからないことは尋ねることにしていますので」

「まあ、俺も稼いでいるほうだよ。だがね、稼いでいる作家なんて、ほんの一握りなんだよ」

「そうなのですか？」

「一割の法則というのがあってね」

「一割の法則……」

「世の中で作家と呼ばれている人々のうち、専業でちゃんと食えているのは一割くらい」

「そんなものなのですか？」

「そう。あとは兼業作家とか親や嫁さんに食わせてもらっているやつらだ。兼業で多いのは大学の先生だな。中にはバイトの収入だけで食うや食わずのやつもいる」

「ほう……」

「そして、その一割の専業作家の中で、人気作家はさらにその一割くらいだ。そして、ばりばり稼いでいる売れっ子はさらにその一割……」

「つまり、〇・一パーセントということですね」

「それが実情だよ。売れっ子が目立つから、作家は儲かっているように思われがちだが、大半はちゃんと食えていないわけだ」

「それなのに、作家になりたがる人がいるのはなぜなのでしょう」

「それは俺が訊きたいよ。たぶん、自分は売れっ子になれるという根拠のない自信があるんじゃないのかね。あるいは、夢を見ているのか……」

「夢……」

「そう。さっき、部長も言ってただろう。作家は大豪邸に住んでいるイメージがあるって……。人々は漠然とそういうイメージを抱いているわけだ。そして、そうなりたいという夢を見る」

「夢を持つのは悪いことではありません」

「もちろんそうだ。だが、夢は夢だ」

「あなたは、その夢を叶えたのですね？」

「どうかな……。夢というのはね、夏の日の逃げ水みたいなものだ。行けども行けども、はるか先にある」

竜崎はその言葉について、しばらく考えていた。

「北上輝記さんもそうだったのでしょうか」

「北上のことなんて、知らないよ。ただ、俺たち作家は誰も現状に満足はしていないだろう。満足したら終わりだ」

「そういう生活は辛いのではないですか？」

「さあな。辛いかどうか考えたことがない。考えたとたんに死んじまうかもしれない」

こういう話を邦彦に聞かせたいと、竜崎は思った。

「それよりさ」

梅林賢は話題を変えた。「さっき電話で、犯人は捕まったのだろうと言ったら、部長は言葉を濁したな。どういうことなんだ」

「実行犯は捕まえました」

「実行犯は？　つまり、犯行を計画した者が別にいるという意味か？」

「それはまだ発表していないので、内密にお願いします」

「だいじょうぶだ。心得ているから……。その計画者というか主犯はまだ捕まっていないんだな？」

「捕まっていません」

「実行犯は口を割らないのか？」

「闇バイトで雇われて、言われるままに誘拐を実行したと言っています」

「闇バイト……」

梅林賢は溜め息まじりに言った。「バイト感覚で誘拐か……。困った世の中になったものだな」

「昔から、雇われて罪を犯す者はいましたが、たしかに、ネットのせいで犯罪のハードルが低くなっていることは事実です」

「そのバイト誘拐犯と主犯の関係は？」

「まだわかっていません。実行犯の男は、主犯とは会っていないと言っています」

「会っていない」

「封筒に入った金が誘拐に使用した車のフロントガラスのワイパーに挟んであったそうです。指示はＳＮＳで受けていたと言っています」

梅林賢は思案顔になって言った。

「状況は、たいして変わっておらんな」

「実行犯を確保できたのは、大きな前進です」

「まあ、警察としてはそう考えたくなるだろうな。だがね、一番重要なことはまだわかっていない」

「一番重要なこと……」

「誘拐の目的だよ。犯人は結局、何も要求しなかったのだろう？」

「誘拐をマスコミに公表しろという要求がありました」

「金品の要求がなかっただろうということだ」

「ありませんでした」

「犯人はどうして誘拐事件など起こしたのだろうな。そして、どうしてターゲットが北上だったのだろう。その謎が解けない限り、事件の解決とは言えない」

「おっしゃるとおりです。ですから、意見をうかがいたいのです」

「俺は警察官じゃないんで、言うことが的外れかもしれないぞ」

「どんな意見でも参考にさせていただきます」

「手品では、左手でやっていることを観客に気づかれないように、右手で目立つことをやる。それと同じことなのかもしれない」

「つまり、誘拐は陽動作戦だと……」

「それなら、犯人の目的は理解できる。誘拐事件を起こしたが、それは営利目的ではなく単なる陽動だった……。世間が誘拐事件に注目している間に、何か別の事件を起こしていたんじゃないか。犯人にとっては、その事件のほうがメインだったということだな」

「しかし、実行犯は誘拐以外の事件を起こしてはいません」

「気づいていないだけかもしれない」

しばらく考えてから、竜崎はかぶりを振った。

「それはあり得ません」

「警察の実力を信用したい気持ちはわかるよ。だが、ありえないということはないだろう。事実、実行犯は捕まえたが、主犯については何もわかっていないのだろう？」

竜崎はしばらくその言葉について考えていた。

「大きな窃盗や強盗の知らせはありません。北上さんの誘拐が陽動だとしたら、本命の犯罪もそれに見合うくらいに重大なもののはずです」

梅林賢は肩をすくめた。

「とにかく、主犯を捕まえることだな。でないと、話にならない」

「鋭意、努力しています」

梅林賢はうなずいてから、考え込んだ。しばらくして、彼は言った。

「これは、まったく関係のない話なんだが……」

「何でしょう？」

「東京で、殺人事件があっただろう」

「はい」

「その被害者の名前に聞き覚えがあるような気がするんだ」

「どこでその名前を聞いたのですか？」

「それが、どうしても思い出せない」

「仕事関係ですか？　それともプライベートで……」

「俺たちの仕事はね、プライバシーの犠牲の上に成り立っていると言っても過言ではない。つまり、仕事とプライベートの境界がずいぶんと曖昧なんだ」

「過去に被害者に会っていた可能性はありますか？」

「ないと思う。ニュースによると、警備員をやっていたということだが、警備員と接点はないな」

「警備員の仕事はバイトのようです。彼にはもう一つの職業がありました」

「もう一つの職業？」

「ライターだったそうです」

「どんなライターだ？」

「週刊誌などに記事を書いていたということですが……」

「ああ、かつてルポライターなどと言われた仕事だな。今はノンフィクションライターという言い方をするようだ」

「ライターなら、作家と接点がありそうですね」

「いや、実はそうでもない。同じ文筆業だが、ノンフィクションとフィクションは、きっちりと棲み分けができている」

「棲み分け……？」

「ノンフィクションライターは、今部長が言ったとおり、週刊誌などで仕事をしている。一方、フィクションのほうは文芸誌がメインだ。週刊誌や新聞に書く場合も文芸枠なので、ライターたちとは別枠だ。ノンフィクションライターが本を出すことがあるが、たいていは文芸とは別の部署で出す。だから、小説家とノンフィクションライターが同席することはほとんどない」

「ほとんどないということは、稀にはあるということですね？」

「ライターの中には文芸評論や書籍の紹介を専門にしている者もいる。そういう連中からインタビューを受けることがある。しかし……」

「しかし？」

「殺された男は、そういう文芸系のライターではないのだろう？」

「それは確認していません」

「週刊誌に記事を書いているということだから、普通のノンフィクションライターだろう。だったら、俺たちが会うことはない」

「なるほど……」

「可能性があるとしたら、文芸団体の集まりだろうが……」

「文芸団体？」

「ペンクラブとか文藝家協会とか……。いずれの団体も懇親会などを催すから……」

「その会場で見かけたということですか？」

「しかしね、俺は名前に聞き覚えがあったんだ。顔に見覚えがあったわけじゃない」

「警察官の経験で、一つだけ言えることがあります」

「何だ？」

「気になることを放っておくと、あとで後悔することが多いです」

梅林賢はうなずいた。

「それは作家も同じことだな。ちょっと調べておこう」

「何かわかったら、連絡をください」

「だが、東京の事件だぞ。神奈川県警の担当じゃないだろう」

「警視庁の刑事部長に貸しを作ってやりたいんですよ」

「そうか。警察社会にもいろいろあるんだろうな。連絡する」

梅林賢は小田原署を去っていった。

応接室に一人残った竜崎は、伊丹に電話してみることにした。時刻は午前十一時半だった。

「何だ？」

機嫌が悪そうだ。捜査がうまく進んでいないのかもしれない。あるいは、他に何か問題でも起きているのか……。

「今、梅林賢と会って話をしていたんだが……」

「なんだよ、自慢か？」

「殺人の被害者の名前に、聞き覚えがあるらしい」

「殺人の被害者って、増沢秀二郎のことか？」

「だが、どこでその名前を聞いたのか覚えていないそうだ」

「文筆家同士だから、どこかで接点があるんじゃないのか？」

「その話題も出た。だが、ノンフィクションライターと小説家はほとんど接点がないらしい。棲み分けができていると、梅林賢は言っていた」

「そうなのか？」

「文芸系のライターというのがいて、それだと作家がインタビューを受けることもあるそうだが……」

「おい……」

伊丹は改まった調子で声を落とした。

「何だ？」

「直接話を聞けないか？」

「梅林賢にか？」

「そうだ。被害者に心当たりがあるとなれば、事情聴取しなければならない」

「部長が直接やることじゃないだろう」

「おまえだって、部長なのに直接会ってるじゃないか」

悔しそうだった。

「直接話を聞く前に、被害者について詳しく調べるのが先だろう」

「そのために手がかりが必要だ。梅林賢から聞いた話が手がかりになるかもしれない」

「捜査本部を抜けて小田原に来られるのか？」

「問題ない。おまえと違って捜査本部にべったりというわけじゃない」

「俺だって県警本部には顔を出す」

「都合はつけられるってことだ」

「捜査員に任せたほうがいいんじゃないのか？」

「梅林賢に会えるチャンスをみすみす逃す手はないよ」

「わかった。あらためて段取りしてみる。その前に、被害者の過去を調べてみてくれ。梅林賢との接点が見つかるかもしれない」

「言われなくてもやるよ」

電話が切れた。


捜査本部に戻ると、昼食の仕出し弁当が配られていた。竜崎はそれを食べながら少々申し訳ないような気持ちになっていた。

伊丹が言ったように、刑事部長が捜査本部に常駐する必要はない。極端な話、発足時と解散時に臨席すればいい。

当直室で誰かの蒲団を奪い、こうして弁当を出されると、現場に迷惑をかけているのではないかという気になってくる。

いや、それだけの役割を果たせばいいだけのことだ。竜崎はそう思い直して、弁当を平らげた。

午後一時を過ぎた頃、竜崎はふと、昨夜のことを思い出した。北上輝記の自宅を出たときのことだ。

竜崎は板橋課長に言った。

「昨夜の小牧中隊長が言ったことが、ちょっと引っかかっているんだが……」

「小牧の言ったこと……？」

「そうだ。あのとき、何か考え込んでいる様子だったので、俺は、気になることでもあるのかと尋ねた」

「ああ、そうでしたね。小牧は、北上輝記の記憶力のよさに感心している様子でした」

「感心しているだけなら、考え込んだりはしないと思うんだが……」

「供述の内容を思い返していたんじゃないですか？」

「そうかもしれんが、何だか気になる。そして、気になることを放っておきたくない」

板橋課長がうなずいた。

「小牧は引き続き寺島の取り調べをしていますが、一段落したところで話を聞いてみましょう」

「わかった」

それから一時間ほどすると、小牧中隊長が捜査本部に戻ってきた。午後二時頃のことだ。

板橋課長が声をかけた。

「部長からお話があるそうだ」

とたんに小牧中隊長は緊張した面持ちになった。部長から話があるなどと言われたら、捜査員は誰でもそうなるだろう。

竜崎は言った。

「ちょっと訊きたいことがあるだけだ。こっちへ来てくれ」

小牧中隊長が、幹部席に近づいてきた。

17

幹部席の前で気をつけをした小牧中隊長に竜崎は言った。

「そんなにしゃちほこ張らなくてもいい」

「は……」

小牧中隊長は休めの姿勢を取った。刑事部の中にあって特殊犯中隊は警備部のようなところがあると、竜崎は思った。

「昨夜、北上氏のお宅から帰るときのことだが……」

「はい」

「君は、北上さんと寺島の供述が一致し過ぎていると言ったな？」

「申しました」

「それが気になっているんだ。もう少し詳しく説明してくれるか」

竜崎の隣で、板橋課長も小牧中隊長を見つめていた。

部長と課長に正面から見据えられて、ひどく居心地悪そうな様子で、小牧中隊長は言った。

「あのとき申し上げたとおりです。北上さんの記憶がはっきりしていることに驚きました。被疑者の寺島よりもこたえが明瞭です。取り調べを続ければ続けるほど、その印象が強まりました」

「リスクに見合いません」

「単に世間を騒がすのが目的だったとは思わないんだな？」

「そのとおりです。自分もずっと、犯人の目的については理解しかねておりました」

小牧中隊長の眼光が強くなった。

「……と……」

と、誘拐の被害者がなぜ北上さんだったのか、その理由がわからなければ、事件は解決しない、

「同じ作家の梅林賢さんがこんなことを言っていた。犯人の目的がまだ謎のままだ。犯人の目的
有名作家って違うものだなと……」

「ですから、自分は驚いたのです。被害者なのに、事実を細かく覚えているので……。さすがに
小牧中隊長は、一度首を傾げてからこたえた。

「ならば、北上さんの記憶がはっきりしているのはなぜだ？」

をしたわけではないので、記憶に不確かな部分があるのではないかと……」

「寺島は命令されてやったと言っていますが、そのせいなのだと思います。つまり、本人が計画
「おそらく、何だ？」

「わかりません。おそらく……」

「それには何か理由があるのか？」

……。でも、ところどころ正確さに欠けるような印象があります」

「いえ、曖昧というほどではありません。北上さんの証言とほとんど一致しているのですから
「寺島の供述が曖昧だということか？」

「有名作家の誘拐は、悪戯《いたずら》にしてはリスクが大き過ぎるということだな？」

「はい」

「梅林賢さんは、陽動作戦ではないかとも言っていた」

「その可能性は充分にあるとは思いますが……」

板橋課長が言った。

「何の陽動なんです？」

「それなんだ」

竜崎はこたえた。「北上さんを誘拐することが陽動だとしたら、それに見合うくらいの重大事件が起きていなければおかしい。だが、そんな知らせは受けていない」

小牧中隊長が言った。

「我々がまだ気づいていないだけかもしれません」

「ばか言え」

板橋課長が言う。「警察が……、いや、世間がそんな重大事件に気づかないわけがないだろう」

小牧中隊長が言った。

「犯人にとって重大なことが、世間にとって重大とは限りません」

板橋課長が眉をひそめて尋ねた。

「それは、どういうことだ？」

「社会的な影響が大きな事件とは限らないということです。些細なことでも、本人にとっては大切なことがあるでしょう」

「まあ、そういうこともあろうが……」

板橋課長はそうつぶやいてから、竜崎のほうを見た。

竜崎は言った。

「犯人の目的について、何かヒントになるようなことはなかったのか？」

小牧中隊長がかぶりを振る。

「黒幕とはやり取りをしていませんので……」

「誘拐を世間に公表するように言ってきたのは、寺島だったのか？」

「はい。それも犯人に指示されたのだと言っています」

「そうか……」

板橋課長が小牧中隊長に言った。

「引き続き、話を聞いてくれ。黒幕についての手がかりを何としてもつかむんだ」

「了解しました」

小牧中隊長が取調室に戻ろうとしたので、竜崎は呼び止めた。

「ちょっと、待ってくれ」

小牧中隊長が立ち止まり、振り返る。

「何でしょう？」

「俺も直接、寺島の話を聞いてみたいのだが、立ち会わせてもらえないだろうか」

小牧中隊長は、困ったような表情で板橋課長を見ながらこたえた。

「自分はかまいませんが……」

竜崎は板橋課長と小牧中隊長を交互に見ながら言った。

「迷惑は承知の上だ。寺島の様子が知りたいんだ」

板橋課長が言った。

「部長にそう言われちゃ、だめとは言えませんよ」

竜崎はうなずくと、席を立った。

取調室の寺島正孝は、思ったより落ち着いている様子だった。厳しく尋問されている被疑者というのは、もっと緊張し、疲労しているものと思っていたのだ。

スチールデスクを挟んで、寺島と小牧中隊長が向かい合う。記録席に三十代後半から四十代初めくらいの私服がいる。おそらく、小牧中隊の捜査員だろう。

竜崎は、部屋の隅にパイプ椅子を置いてそれに腰かけた。あくまでもオブザーバーという立場でいようと思ったのだ。

小牧が取り調べを再開する。

「では、繰り返しになるが、質問にこたえてくれ」

寺島は「はい」と素直に応じる。

小牧中隊長は、北上を路上で拉致したところから、順を追って話を聞いていく。

なるほど、小牧中隊長が言ったとおり、寺島のこたえは、北上輝記ほど明確ではない。基本的には北上の証言と一致しているように思えるが、細部になると記憶が曖昧であることが多い。時系列的にも、正確とは言い難いような気がした。

寺島の反応を観察しているうちに、一つの疑問が湧いてきた。

取り調べの邪魔はしないと決めていた。だが、疑問が次第にはっきりしたものになり、無視することができなくなりつつあった。

小牧中隊長の質問が一段落した。

今しかないと竜崎は思い、言った。

「俺も一つ、質問していいだろうか？」

小牧中隊長が言った。

「もちろんです。どうぞ」

竜崎は、寺島に官姓名を名乗ってから質問した。

「誘拐は、あなた一人で実行したのですね？」

寺島がすみやかにこたえた。

「ええ、そうです」

「白いワンボックスカーに、散歩中だった北上輝記さんを押し込めて、そのまま発進したんですね？」

「はい」

「それって、可能ですか？」

「え……？」

「あなた、その車を運転していたんですよね？」

「あ……、はい。運転していました」

「拉致したとき、北上さんは車のどちら側にいたんですか？」

「ええと……。左側だったと思います」

「運転席のドアは車の右側にありますよね？　車の左側にいる北上さんを拉致するためには、車をぐるりと回らなければなりません」

「はい……」

「あなたは、北上さんを走行中に発見し、車を停めて後部座席の自動ドアを開け、運転席から降り、回って左側に行き、北上さんを押し込んだ。そして、ぐるりと回って運転席に戻り、車を発進させた……。そういうことですね？」

寺島は、しばらく考えてからこたえた。

「そうだったと思います」

「私には、それは実行不可能に思えるのですが……。北上さんだって拉致されそうになってじっとしていたわけではないでしょう」

寺島はまた考えた。

「いや、そう言われても……。夢中だったので、よく覚えていないけど、今言われたとおりにやったんだと思います」

「私にはあなた一人では不可能に思えるのです」

「一人では不可能……？」

「車にもう一人誰か別な人がいたのではないですか？」

寺島は竜崎のほうを見て、何事か考えている。竜崎は彼が何か言うまで待つことにした。

やがて、寺島が言った。

「いや、俺一人でやりました」

「もう一度確認しますが、車で走行中に北上さんを発見して近づき、停車したのですね？」

「いえ……」

寺島がこたえた。「北上さんを見つけたとき、車は停まっていました」

「停まっていた……？」

「路上に停めて、待ち伏せしていたんです」

すると、小牧中隊長が言った。

「待ってください。それは初耳ですね」

寺島がこたえた。

「そうでしたっけ？」

「車を停めて、北上さんを待ち伏せしていた。それで間違いないですね？」

「はい」

竜崎は尋ねた。

「そのときあなたは、車のどこにいましたか？」

「え……？　どこって……」

寺島は戸惑った様子だった。

「運転席ですか？」

寺島はまたしばらく考え込んだ。

「いえ、俺は後ろの座席にいました。すぐにドアを開けられるように……」

「北上さんが車に近づいてきたので、あなたはドアを開けて、後部座席に彼を乗せたということですね？」

「そうです」

「そうすると、押し込めたというより、引き込んだ形になりますね？」

「そうです。引き込みました」

「そして、あなたは後部座席から降りて運転席に移動して車を出したということですか？」

「はい、そうです」

竜崎は真剣に考えた。そして言った。

「それでも、一人では無理な気がします」

「無理だと言われても、実際にそうやったんですから……」

竜崎は、しばらく寺島を観察していた。

彼の供述には説得力がないと感じていた。事実だとしたら、もっと現実味があるはずだ。彼の言うことは、何だか絵空事のように聞こえる。誘拐の目撃情報とも一致しない。

やはり、自分で計画したわけではなく、誰かに命じられたことをそのまま実行しただけだからだろうか……。

小牧中隊長もしばし考え込んでいる。彼がちらりと竜崎のほうを見た。

竜崎は言った。

「邪魔をした。あとは任せる」

立ち上がり、取調室を出た。

捜査本部の幹部席に戻ると、板橋課長が尋ねた。

「いかがでした?」

竜崎はただ、「うん」とだけこたえた。

内海副署長が言った。

「竜崎部長は、何かに気づかれたご様子ですね」

「何かに気づいた……?」

板橋課長が言う。「そうなんですか?」

「いや……」

竜崎はこたえた。「気づいたわけじゃない。ただ、ちょっと気になることがある」

「何です、それは……」

「北上輝記さんを拉致したときのことだ」

「拉致したときのこと……?」

「一人ではとうてい実行できたとは思えないんだ」

板橋課長は怪訝そうな顔になった。

「しかし、実際に一人でやってのけたんでしょう。北上さんの証言からも、実行犯は一人だったと考えられますし……」

「そうなんだろうか……」

板橋課長が言った。

「それを寺島に質問してみたんですか？」

竜崎はうなずいた。

「寺島はあくまで一人でやったと言っている」

「しかし、部長は気になると……」

「小牧中隊長が、それについて追及してくれると思う」

「じゃあ、その結果を待ちましょう」

竜崎は再びうなずき、携帯電話を取り出した。

伊丹との約束を果たすために、梅林賢に話して段取りを組まなくてはならない。

面談は断られるかもしれないと思った。梅林賢にしてみれば、警視庁の刑事部長と会わなければならない理由などない。

断られたら、その旨を伊丹に伝えるだけのことだ。伊丹は捜査員を送るかもしれないし、みずから梅林賢のもとに足を運ぶかもしれない。

「ああ、いいよ」

意外にも、梅林賢は電話の向こうで、あっさりとそう言った。

「強制はできませんので、断ってくださってもけっこうです」

「何だよ。誘っておいて断ってもいいはないだろう」

それもそうだ。

「明日の午前十時でどうでしょう？」

「それでいい」

「場所は今日と同じく小田原署の応接室でいいですね？」

「けっこうだ」

電話を切ると、すぐに伊丹にかけた。

「何だ？」

「梅林賢とアポが取れた」

とたんに口調が変わった。

「本当か？　本当に梅林賢に会えるんだな？」

「嘘言ってどうする」

「信じられないな……。最新刊にサインもらわなくちゃ……」

「梅林賢と被害者の関係を調べたいんだろう？」

「もちろんだ」

「何かわかったのか？」

「わかったというほどじゃないが……。まあ、明日話すよ」

「そうか」

「おい……」

「何だ？」

「礼を言うぞ」

伊丹がこんなことを言うのは珍しい。よほど梅林賢に会えるのがうれしいらしい。

思えば竜崎は、有名人に会うことを切望したことなどない。うれしそうな伊丹が少々うらやましいと思いながら、竜崎は電話を切った。


午後五時過ぎに、板橋課長が、竜崎と内海副署長に言った。

「鑑識からです。誘拐に使われたと見られる寺島のワンボックスカーに関する中間報告です。今のところ、車の中からは、北上さんと寺島の痕跡しか見つかっていないということです」

竜崎は言った。

「つまり、誘拐を一人で実行したという寺島の供述を裏付けているわけだな……」

板橋課長がこたえた。

「現時点ではそうですね。鑑識の分析作業はまだ続いてますから……」

「第三者の痕跡が見つかる可能性もあるということだな」

「可能性はあります」

「しかし……」

内海副署長が言う。「事実だけ見れば、車の中には北上さんと寺島の二人しかいなかったと見るのが自然ですよね」

「おっしゃるとおりです」

竜崎は言った。「鑑識の報告は素直に受け取るべきです。しかし……」

「しかし、何です？」

内海副署長にそう訊かれて、竜崎はこたえた。

「寺島の供述には何か違和感がある。私はそう感じました」

板橋課長が言った。

「嘘をついていると……」

「いや、たぶん、嘘はついていない」

「では、その違和感というのは何なんです？」

「わからない」

「じゃあ、小牧中隊長が何かきき出すのと、鑑識の続報を待つしかないですね」

竜崎はうなずいた。

「そうだな……」


午後六時になると、竜崎は内海副署長に言った。

「私は引きあげることにします。副署長もそうしてください」

内海副署長がこたえた。

「はい。帰宅いたします」

竜崎は気をつけをした捜査員たちに見送られて、捜査本部をあとにした。

内海副署長も帰宅すると言っていたが、おそらくしばらく捜査本部で様子を見ているはずだと、竜崎は思った。

18

「捜査本部はまだあるんでしょう？」

冴子が言った。「このところ、帰りが早いんじゃない？」

「捜査のことは話せないが、まだ大詰めというわけじゃないんでな」

「そうなのね」

いつものように、夕食時に三百五十ミリリットル缶のビールを飲む。食事を終える前に、邦彦が部屋から出てきて姿を見せた。

竜崎は一瞬緊張した。そして、自分は何を緊張しているのかと自問し、邦彦に対して緊張しているのではなく、冴子の意向を気にしているのだということに気づいた。

竜崎は邦彦に言った。

「大学のことはどうすることにした？」

「まだ考えている」

「そうか」

「つい、ポーランドの大学と比べちゃうんだよね。あっちの実習は、仕事に直結していた」

「大学は職業専門学校じゃないと言っただろう」

「それはわかっている。でもね、今の俺が求めているのは、学究の場所じゃなくてその職業専門学校的なものなのかもしれない」

「それは近視眼的な考えかもしれないが、それについて今ここで議論しても仕方がないな。おまえがやりたいようにやればいい」

「え……？」

邦彦は意外そうな顔をした。「それって、大学を辞めてもいいってこと？」

「だから、それは俺が決めることじゃない。俺はあくまで東大にいたほうがいいと思う。だが、大学に通うのは俺じゃない。おまえだ。だから好きにすればいい」

「そう言われると、余計に迷うな……」

「迷うのは当然だな」

邦彦はうなずき、また「考えてみる」といって部屋に戻った。

台所にいた冴子が顔を見せたので、竜崎はダイニングテーブルからリビングルームのソファに移動した。

冴子もソファに座った。

「あなた、大学を辞めてもいいと言ったわね」

「そうは言っていない。好きにしろと言ったんだ。邦彦は迷っていると言っていた」

「あんなに東大以外は認めないと言ってたくせに」

「今でもその考えは変わっていない。大学に行くなら東大に行くべきだ」

「なあに、あなた。大学は入ればそれでいいって思ってるの？」

「思ってない。ちゃんと目的と計画を持って勉強をすべきだ。東大にはそのための最高の人材と施設がある」

「でも、辞めていいって言ったじゃない」

「そうは言ってない」

「邦彦が辞めると決めたらどうするの？」

「それはそれで仕方のないことだ」

「どうして？」

「他の大学に行くと言うのなら無駄なことだと思うが、邦彦は大学に通うことそのものに疑問を抱いているんだ」

「あなたは、今のまま東大にいたほうがいいと思っているんでしょう？」

「思っている」

「だったら、邦彦を説得してよ」

「邦彦が考えると言っているんだから、説得などしない」

冴子は溜め息をついた。

「それでいいのね？」

「邦彦が自分で決めることだ。やりたいことをやればいい」

「あなたは今、やりたいことをやっているの？」

「やっている」

冴子は一瞬、言葉に詰まった。

「迷いもなく言うのね……」

「当然だ」

「子供の頃から警察官になりたかったの？」

「なりたかった」

「きっかけは？」

「きっかけなんて、なかったと思う。子供なんてそんなもんだろう」

「子供にだって、何か理由があるでしょう」

そう言われて、改めて考えてみた。

「思い出した」

「きっかけがあったの？」

「伊丹さんが……」

「伊丹が警察官になりたいって言ったんだ」

「それなら、俺も警察官になってあいつより偉くなってやろうと思った」

「え、そんなことだったの……」

「子供だからな」

「それで警察官になったわけ？」

「成長するに従って、ちゃんと考えるようになった。ただの警察官ではだめだ。伊丹より偉くなって、あいつをこき使うには、警察庁に入らなければならないと思ったわけだ。つまり、キャリア組だ。そのためには、東大法学部に入る必要があると思った」

「それって、別にちゃんと考えてないわよね」

「警察庁に入ったら、伊丹もいたので驚いた」

「警察官になって後悔したことはないの？」

「ない」

「他の仕事をやりたいと思ったことは？」

「ない」

「それって、すごいことよね」

「そもそも俺は、自分が警察官であるという前提で物事を考えている。だから、他の職業のことなど、考えたこともない」

「へえ……」

竜崎はふと思いついて尋ねた。

「おまえは、俺が警察官であることに、何か不満があるのか？」

冴子は即答した。

「ない」


翌日は九時に小田原署にやってきた。二十四時間人が絶えない警察署だが、日曜日なので比較的人が少ない。

交代制の地域課などには署員がいるが、日勤の者は休みだ。

捜査本部にやってくると、幹部席にはいつものように、内海副署長と板橋課長の姿があった。

「気をつけ」をした捜査員たちに迎えられ、竜崎は着席した。

「その後、何か進展は？」

「ありません。寺島の供述にも変化はないようです」

「命じられて一人で誘拐を実行したと……」

「そういうことです」

「鑑識からの追加の報告は？」

「まだありません」

竜崎はうなずいてから言った。

「午前十時に、梅林賢と会う」

「昨日も会ってましたよね？」

「伊丹も会いたいと言うんでな」

「伊丹……？　警視庁の刑事部長ですか？」

「そうだ」

「え……」

内海副署長が言った。「伊丹刑事部長が、署にいらっしゃるということですか？」

「そうです」

「十時に……？」

「はい。おそらく、少し早めに到着すると思いますが……」

「ちょっと、失礼します」

内海副署長はそう言って警電の受話器を上げた。どうやら、署長に伊丹が来署する旨を伝えているようだ。

竜崎は小声で板橋課長に言った。

「事前に知らせておいたほうがよかったかな」

「当然です。署に刑事部長が来るなんて大事ですよ」

「ここにも刑事部長はいるぞ」

「よその刑事部長は別です……。いや、というか、部長がここにいらっしゃるのも大変なことなんです」

「別に気にしなくていい」

電話を切った内海副署長が言った。

「署長がすぐにやってくるそうです」

竜崎は驚いた。

「そんな必要はありません。いつもの応接室を借りて、梅林賢に会うだけです」

「我々としては、そうは参りません」

そんなものなのかと思っていると、本当に十分ほどして兵藤署長がやってきた。

「警視庁から刑事部長がいらっしゃるとのことですが……」

「はい。十時の予定です」

「おい」

兵藤署長は内海副署長に言った。「どうして事前に知らせがないんだ?」

竜崎は内海副署長に代わってこたえた。

「今朝になってお知らせしたんです。伊丹部長は、梅林賢さんに会いにくるだけなので……」

兵藤署長が言う。

「梅林賢に……？」

「ええ。捜査に協力いただいておりまして……」

「誘拐事件の？」

「はい」

「小田原で起きた事件に、どうして警視庁の刑事部長が……？」

「梅林さんが、杉並区久我山で起きた殺人事件の被害者の名前に聞き覚えがあるというので、伊丹部長にその旨を伝えました」

その言葉に反応したのは、板橋課長だった。

「久我山の殺人……」

伊丹が梅林賢の大ファンだということは、伝えなくていいだろうと思った。

「そうだ。だから、伊丹部長は梅林さんに事情を聞きにくるだけなんだ」

「……とはいえ、知らんぷりはできません」

兵藤署長は内海副署長に言った。「警務課に招集をかけてくれ」

竜崎は言った。

「いえ、その必要はありません」

兵藤署長が言う。

「茶くらい、お出ししないと……」

「茶をいれるのに、警務課に招集をかけなければならないのですか？」

「来客時の署内規定があって、それは警務課が管理しています」

竜崎はあきれた。

「茶を出すくらい、当番がやればいいだけのことです。なんなら、私がやりましょうか？」

「ご冗談はおやめください」

本気だった。

「臨機応変にやってほしいということです」

「せめてお出迎えはしなければならないでしょう。今日は日曜で、受付にも人がおりませんので……」

「私が行きます」

「いや、ですから……」

「伊丹部長と私で決めたことですから……」

そのとき、出入り口付近から大声がした。

「おい、竜崎部長はここか？」

伊丹だった。

「ああ、ここだ」

事態を察した板橋課長が慌てた様子で「気をつけ」の号令をかけた。その場にいた者全員が起立した。

兵藤署長や内海副署長も立ち上がっていた。

竜崎は内海副署長に言った。

「では、応接室におります。梅林賢さんがいらしたら、そちらにご案内いただけますか」

「承知しました」

竜崎が伊丹に近づくと、そのあとに兵藤署長が続いた。

竜崎が伊丹に言った。

「早いな。まだ九時半だぞ」

「時間が読めなくてな」

「署長の兵藤です」

伊丹が、礼をする兵藤署長のほうを見て言った。

「お取り込み中失礼します。誘拐の実行犯が確保できて、まずは一段落ですね」

さすがにそつがない。伊丹は外面《そとづら》がいいというか、当たりがソフトなので面会者の受けがいい。

「は……。わざわざ小田原署にお越しいただき、恐縮です」

「竜崎部長に会いにきただけだ。気にしなくていいですよ」

竜崎は言った。

「俺にじゃなくて、梅林賢に会いにきたんだろう」

「……で、その梅林賢さんは？」

「まだだ。応接室で待とう」

移動しようとして竜崎は、術科道場の前に飲み物の自販機があるのに気づいた。

「お茶を買ってくる」

伊丹が言った。

「コーヒーにしてくれ」

兵藤署長がぽかんとした表情でそのやりとりを見ていた。


地域課らしい制服の署員に案内されて、梅林賢が応接室にやってきたのは、十時ちょうどのことだった。

伊丹が立ち上がった。

「あ、どうも。初めまして。警視庁の伊丹と申します」

名刺を取りだし、梅林賢に手渡す。

梅林賢はそれを受け取ったが、自分の名刺などは出さなかった。そういえば、竜崎も名刺をもらっていない。小説家にはそういう習慣がないのだろうかと、竜崎は思った。

梅林賢はいつもの席に座り、その向かい側に竜崎と伊丹が並んで座った。

「ご著書を拝読させていただいております」

伊丹がすっかりかしこまった様子で言う。顔が紅潮している。

「警視庁の刑事部長が、俺の本をお読みだとは……」

「新刊が出るのを、いつも楽しみにしております」

「それは光栄だね。竜崎部長はあまり小説をお読みではないようだがね……」

竜崎は言った。

「読みません」

伊丹が顔をしかめて言った。

「こいつはそういうやつなんです。文学などとは無縁の男でして……」

「二人は親しいのかね？」

「竜崎とは幼馴染みなんです」

「ほう……」

「入庁も同期です」

そんな話はどうでもいいので、すぐに本題に入りたかった。

「殺人の被害者の名前に聞き覚えがあるとおっしゃっていましたが、その後、何か思い出しましたか？」

竜崎が尋ねると、梅林賢はかぶりを振った。

「いや、思い出せなかったな。……というか、いろいろと忙しくて、考える時間がなかった」

竜崎はうなずくと、伊丹に言った。

「被害者の身元について調べたんだろう？」

「調べた。名前は増沢秀二郎。年齢六十三歳。警備員のバイトをしているが、本業はライターらしい。週刊誌が売れている頃には、けっこう仕事があったらしいが、このところ、週刊誌も廃刊続きでなかなか厳しかったようだ」

「まったくひどいもんだよ」

梅林賢が言った。「インターネットのせいかね。週刊誌なんて誰も読まなくなっちまったんだろうな」

竜崎は言った。

「今でも、『ナントカ砲』などといって、一部の週刊誌は話題になっているようですが……」

「ありゃ血も涙もないな。金のためなら、どんなやつだって斬る。ひどいもんだ。そんな非道なことをやらなきゃ生き残れないのが今の週刊誌の実情だ」

「そういう厳しい状況は、ライターなどに影響が及ぶわけですね」

「真っ先に切られるのが、ライターとか契約の編集者だろうな。そもそも廃刊になったら、ライターの仕事はなくなる」

「それで、警備員のバイトをやっていたわけですね」

伊丹が説明を続けた。

「増沢は、かつては小説家志望だったようです。……というか、小説家だったことがあるようで……」

「え……？」

梅林賢が反応した。「小説家だった？」

「はい。三十年ほど前ですが、ある小説誌の新人賞を受賞しまして、それから細々《ほそぼそ》と作家活動をしていた時期があるらしいです」

「何という雑誌だ？」

伊丹がこたえると、梅林賢は言った。

「純文学系の雑誌だな。じゃあ、増沢という被害者は、純文学作家として活動していたわけだ」

「加賀谷二郎《かがやじろう》というペンネームでした」

「ああ、その名前は知っている。そうか。加賀谷二郎の本名ということで、増沢秀二郎の名前に聞き覚えがあったのかもしれない」

竜崎は尋ねた。

「作家同士だと、ペンネームだけでなく本名も知っているものなんですか？」

「いや、普通は知らない。だが、加賀谷の場合は特別だ」

「どう特別なんです？」

「ある作家と揉め事を起こしてね……」

「揉め事？」

「なにせ、純文学の世界の話なんで、詳しい経緯は知らない。だけど、業界内ではけっこうな騒ぎになったようだ」

竜崎は伊丹に尋ねた。

「知っているか？」

伊丹はかぶりを振った。

「いや、知らない」

梅林賢が言った。

「小説家の世界、特に純文学の世界なんて狭いもんだからね。作家同士が揉めたとしても社会的な話題にはならないからな……」

「そうなんですか？」

竜崎が尋ねると、梅林賢は苦笑を浮かべた。

「そりゃ、川端康成《かわばたやすなり》と三島由紀夫《みしまゆきお》が論争をすれば、大きな話題になっただろうさ。でもね、今はもうそういう時代じゃない。小説家が喧嘩したくらいじゃ新聞ネタにもならない」

「それで……」

竜崎は尋ねた。「その相手の作家というのは……？」

「北上輝記だよ」

竜崎は伊丹と顔を見合わせていた。

竜崎は梅林賢に言った。

「その話、詳しく聞かせてください」

19

「だからね」

梅林賢は言った。「俺は詳しい経緯は知らないんだ。噂を聞いたくらいだな」

竜崎は尋ねた。

「どんな噂です？」

「あるパーティーで、言い合いをしたらしい」

「何のパーティーです？」

「文学賞だ」

「激しい言い合いだったんですか？」

「知らない。現場を見ていたわけじゃないんでな」

「そのパーティーには出席されなかったのですか？」

「純文学系の文学賞なんでね。俺は関係ない」

「北上さんか、増沢さんが受賞されたのですか？」

「え……？」

「文学賞の受賞パーティーなのでしょう？」

「ああ。どちらも受賞などしていない。他人の受賞パーティーだ」

「わからないのですが……」

「何が」

「作家というのは、他人の受賞パーティーに出席するものなんですか？」

するとと伊丹があきれたように言った。

「どの業界だって、同業者に何か祝い事があれば駆けつけるだろう」

竜崎は言った。

「梅林さんは以前、作家というのは小さなパイを奪い合っているのだとおっしゃいましたね」

「ああ」

「売れた同業者を妬むものだと……」

「そうだよ」

「じゃあ、ライバルが文学賞を受賞すると悔しいんじゃないですか？　それなのにパーティーに出席するんですか？」

「本当に受賞が気に入らないやつは来ないだろう。だが、パーティーに来れば飲み食いできるし、編集者にも会える。作家同士が顔を合わせるのはパーティーくらいだから、つい足を運んじまうんだろう。作家ってのはいつも一人で仕事しているから、たまに同業者の顔を見たくなる」

伊丹が言った。

「そんなことを不思議に思う、おまえが変なんだよ」

竜崎は梅林賢に尋ねた。

「じゃあ、その祝いの席で、北上さんと増沢さんが喧嘩を始めたということですか？」

「そうなんだろうな」

「そういうことは、よくあるんですか？」

「そうだなあ……」

梅林賢は天井を見上げた。「昔はあったらしいよ。特に純文学のほうでは。俺たちエンタメのパーティーでは滅多にないなあ……」

「どうしてでしょう」

「どうして……？」

「その違いは何かと思いまして……」

「こだわりの違いかねえ……」

「こだわり……」

「もっといえば、自分の内面と外の世界との関係性の違いというか……。うまく言えないけど、心の動きを託すものの違いかな」

「どういうことでしょう」

「例えば、人が死ぬ。純文学作家は、その死に関わる人の心情に触れようとする。エンタメでは、警察が捜査を始める。極端に言えばそういうことだ」

「純文学の作家のほうが純粋だということでしょうか」

「嫌な言い方をするねえ。融通がきかないという言い方もできるけどな」

「それで、その喧嘩ですが……」

伊丹が尋ねた。「激しかったんですか？」

「別に殴り合いをやったわけじゃないんだよ。ただ、加賀谷が……、ああ、増沢というより加賀谷二郎と呼んだほうがしっくりくるので、それでいいかね？」

伊丹がうなずいた。

「もちろんです」

「加賀谷が北上に論争を挑んだということで、周囲が色めき立ったんだ」

「どういうことです？」

「その騒ぎがあったのは、もうかれこれ四半世紀も前のことだ。当時、加賀谷はデビュー五年目くらいで、それほど注目されている作家じゃなかった。一方で、北上はデビューしてから十年以上経っていて、すでに人気作家だった」

竜崎は尋ねた。

「つまり、無名の作家が人気作家に逆らったということで話題になったのだと……」

「有り体に言うとそういうことだな」

「作家の中にそういう序列というか区別があるのですか？」

「作家本人は、それぞれプライドを持って仕事をしている。だから序列なんてあってはいけないと思っている。だがね、出版社にしてみれば売れている作家のほうが大切なわけだ。だから、このパーティーでの騒ぎも、取り沙汰したのは作家たちじゃなくて編集者たちだ。世の中そういうもんだよ」

「その争いは後を引いたのですか？」

「実はそうなんだよ。面白がって、二人の論争を掲載した雑誌もあったそうだ」

「それを読まれてはいないのですか？」

「純文学の雑誌だからね。手記だけじゃなくて、対談を企画した雑誌もあったようだ。加賀谷がにわかに脚光を浴びることになったわけだね。だが、さすがに北上は、対談企画は引き受けなかったようだ」

「その後は……？」

竜崎が尋ねると、梅林賢は肩をすくめた。

「北上はますます売れっ子になり、加賀谷は世の中から忘れられていった」

「これは重要なことなんですが……」

伊丹が尋ねた。「その論争が、今回の事件と何か関係があるとお考えですか？」

梅林賢はきっぱりとかぶりを振った。

「関係なんかないだろう。たまたま俺が加賀谷の本名を覚えていただけのことだ」

伊丹が竜崎に尋ねた。

「どう思う？」

「わからん」

竜崎は正直にこたえた。「なにせ、四半世紀も前の出来事だ。梅林さんが言われるように事件とは何の関係もないのかもしれない」

「それにね」

梅林賢が言った。「繰り返し言うが、純文学の世界で起きたことだ。俺には詳しいことはわからない」

竜崎は尋ねた。

「編集者の方なら事情をご存じでしょうか？　例えば、興濤社の赤井さんなどは……」

「どうかねえ。赤井に訊いてみようか」

そう言うと、梅林賢は携帯電話を取り出してかけた。

竜崎は伊丹に尋ねた。

「時間はだいじょうぶか？」

「だいじょうぶだ。俺がいなくたって捜査本部は機能している」

竜崎はうなずいた。

ならば、何のための部長かと言われそうだが、警察幹部の仕事は責任を取ることだと、竜崎は思っている。いざというときに、腹を切ればいいのだ。

北上が無事に帰ってきたことで、今のところは、自分が責任を問われることはなさそうだと竜崎は思っていた。

もし、警視庁の捜査本部で何か用ができたとしても、伊丹はここから離れようとはしないだろう。憧れの作家と話をする機会など滅多にあるものではない。

電話を切ると、梅林賢が言った。

「今からここへ来るそうだ」

竜崎は言った。

「興濤社は東京の出版社でしょう。小田原まで来るのにずいぶんと時間がかかります」

「赤井は小田原にいるよ。北上のことがあるので、ホテルに詰めていたんだ。十分ほどで来る」

その言葉どおり、約十分後に小田原署員が赤井を応接室まで案内してきた。

竜崎が伊丹を紹介すると、赤井は驚いた様子で言った。

「刑事部長が二人ですか。これはすごいですね……」

梅林賢が言った。

「そんなことより、加賀谷二郎のことだ」

「たまげました。殺人事件のことはニュースで知っていましたが、まさか殺されたのが加賀谷さんだとは……」

梅林賢が尋ねる。

「興濤社と付き合いがあったのか？」

「デビューの頃はそれなりにあったと思いますよ。でも、最近はまったく……。というか、もう作家活動はしていなかったはずです」

「週刊誌の記事なんかを書いていたというが、それもままならず、警備員のバイトをしていたそうだ」

「そうだったんですか……」

「二十五年ほど前、加賀谷が文学賞のパーティーで騒ぎを起こした件を覚えているか？」

「ええ、覚えてます。当時私は三十歳くらいで、下っ端の編集者でした。ですから、感心したものです」

「感心……？」

思わず竜崎が聞き返すと、赤井はうなずいた。

「ええ。パーティーなんて、ただ飲み食いするだけだと思っていたんですが、そんな場所でも作家は文学論争をするんだと……」

梅林賢が尋ねた。

「文学論争だったのか？　ただの口喧嘩じゃなく」

「その後、それぞれの主張を文章にしてもらって、誌上論争を掲載した雑誌もありました」

「ああ、それは知っている。部長さんたちにも説明した。いったい、どんな論争だったんだ？」

「ごく簡単に言うと、北上さんは大衆に媚《こ》びているというのが、加賀谷さんの言い分です。一方で、文学は一人でも多くの人に受け容れられるべきだというのが、北上さんの主張でした」

「何だかそう聞くと、二人ともちっともたいしたことを言ってないな」

「いや、私の言い方が悪かったのかもしれません。当時はそれなりに業界も盛り上がりました」

竜崎は尋ねた。

「加賀谷さんは、いろいろな人に論争を挑むようなタイプだったのですか？」

赤井は首を傾げた。

「どうでしょう。そんなことはなかったと思います……」

「特に人から怨みを買いやすい人物ではなかったということですね」

「ええ、そう思います」

伊丹が尋ねた。

「その他に加賀谷さんが誰かと争ったというようなことは？」

「さあ、聞いたことがありませんね。……というか、ここ何年も彼とは連絡を取っていなかったので……。どこの社も同じだと思いますよ」

梅林賢が言った。

「おまえらは、加賀谷が殺人の被害者になったことで、一儲けできると考えているんじゃないのか？」

「そうですね。各社、加賀谷さんの原稿や過去の出版物を掘り起こそうとするんじゃないですかね。でも、一儲けとまではいかないでしょう。こんなことで過去の作品が売れるほど世の中甘くはありません」

「ふん、まあ、そうだろうが……。他に何か覚えていることはないか？」

「いえ……。なんせ、当時私はぺいぺいでしたからね。二人とも私が担当していたわけじゃないですし……」

「そうか……」

すると伊丹が竜崎に言った。

「俺はそろそろ戻ることにする」

「おまえがいなくても、捜査本部は機能するんじゃなかったのか」

「今の話を早く持ち帰りたい」

「北上さんに話を聞かなくていいのか？」

「誘拐の被害者だろう。おまえに任せる」

「わかった」

竜崎は言った。

伊丹が鞄の中から本を取り出した。それを見た梅林賢が言った。

「それは俺の最新刊だね」

伊丹が言った。

「ぜひサインをいただきたいと思いまして……」


サイン本を大切そうに抱え、伊丹が応接室を出ていくと、梅林賢が赤井に尋ねた。

「北上はどうしているんだ？」

「ご自宅にいらっしゃいます。えらい目にあわれましたが、もう落ち着かれたようです」

「他社の連中も小田原にいるのか？」

「主だった社の担当者は詰めていましたが、今日あたり引きあげるようです」

「無事に帰ってきたからな」

「いやあ、本当にほっとしました」

「帰ってきたのはいいんだが……」

「何です？」

「誘拐犯の目的がわからないので、もやもやしてるんだ」

「世間を騒がせるのが目的だったんじゃないですか？」

「マスコミはそのようなことを言ってるが、そんなことで有名人を誘拐するやつなんていないよ。犯人なりのちゃんとした理由があるはずなんだが……」

「そうですかね……。私としてはどうでもいいです。北上さんが無事に戻ってこられたのですから……」

「あいつ、この体験を作品にしたりするかな？」

「誘拐の被害にあった話を書くかどうかはわかりませんが、拉致されたときの心情のようなものは、作品に反映されるでしょうね」

「作家は転んでもただじゃ起きない、か……」

梅林賢は小さく溜め息をついた。

赤井が、梅林賢と竜崎を交互に見て言った。

「じゃあ、私もこれで失礼します。そろそろ東京へ戻らないと」

「ああ」

梅林賢が言った。「呼び立てて済まなかったな」

赤井が出ていくと、梅林賢は思案顔になった。しばらく沈黙が続いた。

竜崎は言った。

「誘拐犯の目的に、まだこだわっていらっしゃるようですね」

「ん……？」

梅林賢は竜崎の顔をしげしげと見た。質問を聞いていなかったようだ。竜崎が繰り返し尋ねると、梅林賢がこたえた。

「ああ……。もういいんだ」

「もういい……？」

「誘拐犯が何を考えていたのかがずっと気になっていたんだが、赤井が言うとおり、北上が無事に戻ってきたんだから、それでいい」

どこか投げやりな口調だった。竜崎はそれが気になった。

「誘拐の実行犯から話を聞いたのですが、どうしても納得がいかないことがあります」

「捜査情報を話したらクビなんじゃないのか？」

「ばれたらまずいですが、まあ被害者が無事に帰ってきたのですから、大目に見てもらえるのではないかと思います」

「納得がいかないことって何だ？」

「実行犯は、一人で北上さんを拉致したと言っているのですが、それは不可能に思えるのです」

「だが、実際にやってのけたんだろう？」

「犯行に使用された車を調べた鑑識は、車内には北上さんと実行犯の二人の痕跡しかないと言っています」

「だったら、供述しているとおり、一人でやったんだろう」

「実行犯が嘘をついているのかもしれません」

「鑑識の言ってることはどうなんだ？」

「鑑識の捜査はまだ続いていますので……」

梅林賢は溜め息をついた。

「実行犯とは別に黒幕がいるということだな。だったら、それを捕まえるのがあんたら警察の仕事だ」

やはり、どこか投げやりだ。

梅林賢は急に、誘拐事件への関心を失ったように見える。

それはなぜだろうと考えながら、竜崎はこたえた。

「ええ、もちろん。黒幕がいるなら捕まえますよ」

梅林賢は帰宅し、竜崎は捜査本部に戻った。午後十二時過ぎに、鑑識係員が追加の報告にやってきた。

竜崎はそれを幹部席で、内海副署長、板橋課長とともに聞いた。

引き続き、車の内部を調べたが、結局、北上輝記と寺島正孝の二人がいた痕跡しか見つからなかった。そういう報告だった。

竜崎は鑑識係員に尋ねた。

「痕跡を消したということは……？」

係員はかぶりを振った。

「それなら、被害者と実行犯の痕跡も消えるでしょう」

「車内には二人しかいなかったということが確実だということか？」

「そう考えていいと思います」

「しかし、それは理屈に合わない。単独では拉致は不可能だ」

竜崎の言葉に、板橋課長が反論した。

「そうは言い切れないでしょう。例えば、北上輝記が寺島の言いなりになるような事情があれば、一人でも拉致は可能です」

「言いなりになるような事情……？」

「脅されるとか、暴力を振るわれて抵抗する気をなくすとか、事情はいろいろあると思います
よ」

「そのような供述があったのか？」

「いえ、そうではありませんが……」

「小牧中隊長は？」

「まだ取り調べをしています」

「進展はないんだな？」

「報告はありません。一度呼び戻しましょうか？」

「取り調べの邪魔はしたくないが……」

「そろそろ休憩を取らせたほうがいいと思います」

「任せる」

竜崎が言うと、板橋課長は警電の受話器に手を伸ばした。

20

午後十二時二十分頃に、小牧中隊長が取調室から戻ってきた。幹部席の前にやってきた彼に、板橋課長が尋ねた。

「黒幕についての手がかりはないか？」

「ありませんね。同じ供述を繰り返すだけです」

「闇バイトで雇われて、誘拐は自分一人でやったと言ってるんだな？」

「そうです」

「鑑識からの追加報告があった。寺島の車からは、北上輝記と寺島の二人の痕跡しか見つからなかった」

「じゃあ、やはり寺島一人の犯行だったということになりますね」

「しかし、寺島を雇ったやつがいるはずだ」

「それについては、口を割りませんね」

「罪を一人でかぶるつもりか。それは割りに合わないぞ」

「ええ。自分も寺島にそう言ってるんですがね……」

竜崎は小牧中隊長に尋ねた。

「君は、好きな小説家はいるか？」

「は……？」

小牧中隊長はきょとんとした顔になった。「いえ、特にそういうのは……」

「では、好きな俳優とか音楽家とかは？」

「好きなタレントはいますが……」

「そのタレントを誘拐しろと言われて、実行するか？」

「やりません。自分は警察官ですし……」

「警察官でなかったらやるか？」

「やらないと思います」

板橋課長が竜崎に尋ねた。

「何がおっしゃりたいんです？」

「寺島は北上輝記のファンだ。両親がそう言っていたし、寺島の部屋には北上輝記の本が並んでいたらしい」

「だから何です？」

「闇バイトで雇われて憧れの作家を誘拐するだろうかと思ってな」

「誰を誘拐するかなんて聞かされてなかったのかもしれません」

「寺島は待ち伏せたと供述している。つまり、ターゲットが北上輝記だと知っていたわけだ」

板橋課長と小牧中隊長が顔を見合わせた。

竜崎は言った。

「君たちが言いたいことはわかる。俺が言ってることは屁理屈だと思っているのだろう。しかし、どうもすっきりしないんだ。寺島の供述は腑に落ちない」

「しかし……」

小牧中隊長が言った。「黒幕の存在はいっこうに浮上してきません。北上氏の自宅で電話を待っていた我々も、寺島以外の人物とは接触していないのです」

竜崎は考え込んだ。

寺島を雇った人物がいるはずだ。その人物と二人でなら、犯行は可能だ。だが、鑑識によるとその第三の人物の痕跡は残っていないという。

黒幕はあくまで寺島に指示をしただけで、誘拐の実行には加わっていないのかもしれない。ところが、状況を考えると、とても一人で北上輝記を拉致できたとは思えない。

ジレンマだな……。

竜崎の携帯電話が振動した。伊丹からだった。

「出版社の赤井ってやつだが……」

「ああ」

「もっと詳しく話を聞きたいと思ってな」

「実は、俺も同じことを考えていた」

「赤井を捜査本部に呼ぼうと思う」

「じゃあ、俺も行こう」

「おい。部長が軽々しく動くんじゃない。県警本部でどっしりと構えていろ」

「おまえだって捜査本部にいるんだろう？」

「そりゃそうだが……」

「いつ赤井を呼ぶんだ？」

「すぐに呼ぶつもりだ」

「じゃあ、俺もすぐに出る」

「梅林賢に会わせてもらった義理があるんで電話しただけなんだが……。まあいいか」

「捜査本部は高井戸署だったな？」

「そうだ」

竜崎が電話を切ると、板橋課長が言った。

「警視庁の捜査本部にお出かけですか？」

「できるだけ早く戻る」

すると、内海副署長が言った。

「こちらの捜査本部を出られて、警視庁の殺人の捜査本部にお出かけになる理由をお教え願えませんか？」

「理由……？」

「部長は、誘拐事件の捜査本部の責任を負っておられます。そこを留守にされて、他の事案の捜査本部においでになるには、それ相応の理由がなければなりません。おそらく、板橋課長もその理由を聞きたいと思っているでしょう」

板橋課長は何も言わなかった。無言であることが、内海副署長に同意していることを物語っている。

竜崎は言った。

「殺人の被害者は、北上輝記と関係があった」

内海副署長と板橋課長は怪訝そうな顔をした。その表情が驚くほど似通っていた。それから二人は顔を見合わせた。

板橋課長が竜崎に尋ねた。

「それは、警視庁の殺人事件とうちの誘拐事件が関連しているということですか？」

竜崎はかぶりを振った。

「それはまだわからない」

「どんな関係があったのですか？」

竜崎は、文学賞パーティーでのできごとを簡単に説明した。

内海副署長が板橋課長に言った。

「捜査の専門家として、今の話はどう思いますか？」

「はっきりと、殺人事件と誘拐事件が関連しているとは言えません。しかし、竜崎部長が気にされるのもわかります」

内海副署長はうなずくと、竜崎に言った。

「こちらの捜査本部のことはご心配なく。私と板橋課長が責任をもって部長のお留守を守ります」

「納得していただけたということですか？」

「ちゃんと理由を言っていただければ納得します」

内海副署長は、板橋課長がへそを曲げないように気づかってくれたのだと、竜崎は思った。

「助かります」

竜崎は捜査本部をあとにした。


高井戸署に到着したのは、午後二時過ぎのことだった。竜崎が受付で案内を乞うと、制服姿の署員が捜査本部まで案内してくれた。

かつて、大森署で戸高《とだか》に同じように捜査本部の場所を尋ねたことがある。そのときの戸高の対応とは大違いだった。

竜崎に気づいた伊丹が言った。

「おう、竜崎。ちょっと待ってくれ」

竜崎が入室すると「気をつけ」の号令がかかり、捜査員たちが起立した。竜崎が来ることを伊丹から事前に聞いていた者が号令をかけたのだろう。

出入り口近くに立っている竜崎のもとへ、伊丹がやってきた。竜崎は尋ねた。

「赤井は？」

「部屋で待っている」

「取調室か？」

「被疑者じゃないんだ。小会議室だよ。来てくれ」

伊丹とともにエレベーターに乗り、小会議室に移動した。二人が部屋に入ると、捜査員らしい背広姿の中年男性が慌てた様子で立ち上がった。

その男の向こうに、赤井の姿があった。

竜崎と伊丹は、テーブルを挟んで赤井の向かい側に座った。背広の中年男性は竜崎たちから見ても赤井から見ても九十度の位置だ。

伊丹がその背広の男を紹介した。

「高井戸署刑事組対課の市毛《いちげ》課長だ」

市毛課長は起立したままだった。礼をすると言った。

「お噂はかねがねうかがっております。よろしくお願いいたします」

伊丹が市毛課長に尋ねた。

「それで？」

「本格的な聴取はお二人がおいでになってからと思いまして、北上輝記さんのお人柄などをうかがっていました」

「ほう……」

伊丹が言った。「どんなお人柄なんです？」

市毛課長がこたえる。

「ストイックな方だそうです」

「ストイック……」

伊丹が聞き返すと、赤井がこたえた。

「ええ。一言で言うとご自分に厳しい方です。お仕事でも妥協はしない方ですし、私生活もきちんとしています。自由業なので、自堕落な生活になりがちですが、そういうのはお嫌いなようです」

その評価は、竜崎が受けた印象と一致していた。

竜崎は尋ねた。

「敵は多いのでしょうか？」

「いいえ。そうは思いません。とても控え目でいらっしゃいますし」

「控え目……」

「はい。今や大作家ですが、偉ぶったりすることなどまったくありません。人に怨まれたり憎まれたりすることはないと思います」

伊丹が言った。

「でも、加賀谷二郎さんとは喧嘩したんでしょう？」

「喧嘩じゃなくて、議論だと思います」

「その後、雑誌で誌上論争をやったとおっしゃいましたね。後に遺恨が残ったというようなことは……？」

「遺恨などありませんよ。雑誌の編集者が面白がって焚《た》きつけたんです」

伊丹が市毛課長に目配せした。

市毛課長が言った。

「先ほど、小田原でお話をうかがいましたね」

「ええ……」

「そのときに何か、話し忘れたようなことはありませんか？」

「いえ、ありません」

伊丹は訝《いぶか》しんでいるようだ。実は、竜崎も赤井の発言にすっきりしないものを感じていた。

伊丹が言った。

「何かご存じのことがあれば、教えていただきたいのですがね」

赤井がかぶりを振る。

「知っていることは全部申し上げました」

「そうですか？　もしかして、加賀谷さんのことで、まだお話しいただいていないことがあるんじゃないかと、私は思っているのですが……」

「ですから、最近はまったく連絡も取り合っておらず……」

「噂などもお聞きになったことはないのですか？」

「噂？　加賀谷さんの噂ですか……」

赤井の表情が変わった。何か知っているに違いない。警察官はこうした微妙な変化を見逃さない。

市毛課長が言った。

「何か噂があったのですか……？」

赤井は市毛課長を見てから眼をそらした。

被疑者ではないので、あまり追い詰めるわけにはいかない。しかし、隠し事を許すわけにもいかない。

竜崎は、市毛課長の追及を黙って聞いていた。

「どんなことでもいいんです。教えてもらえませんか？　人づてに何かを聞いたことがあるんですね？」

赤井が言った。

「いや……。これは犯罪とは関係のないことだと思いますので……」

「どんなことが関係するかわからないんです」

赤井はしばらく考えていた。やがて、決心したように彼は話しだした。

「これはあくまで噂なので、本当のことかどうか、私にはわかりません」

「どんな噂ですか？」

「今回の北上さんの受賞を知って、加賀谷さんがどうしても北上さんに会いたいと言っているらしいと……」

「北上さんに会いたい？」

伊丹が尋ねた。「それはなぜです？」

「盗作だと言っていたらしいです」

「盗作……？　つまり、こういうことですか？　北上さんの受賞作が、加賀谷さんの作品の盗作だったと……」

「ですから」

赤井が慌てたように言った。「あくまで噂なんです。加賀谷さんが北上さんに会いたがっていたというのすら、本当かどうかわからないんです」

竜崎は言った。

「実際にそのような加賀谷さんの作品はあったのでしょうか？」

「私には心当たりはありませんね。加賀谷さんのすべての作品を読んでいるわけではないのですが……」

「しかし、もし盗作だとしたら、誰かが気づくはずですよね」

「必ずしもそうではないと思います。世の中にはオマージュという便利な言葉もあります」

「オマージュ？」

「憧れの作家や作品に影響されて書かれた作品のことです。フランス語で尊敬という意味ですね。盗作かオマージュか判断が難しい場合があります」

「しかし……」

伊丹が言う。「北上輝記さんから見て、加賀谷さんが憧れの対象ということはないでしょう」

「それはまあ……」

赤井は少し考えてからこたえた。「おっしゃるとおりだと思います。もし、加賀谷さんが盗作だと言っていたのだとしたら、それは一方的な主張だったのだろうと思います」

「実際に二人は会ったのでしょうか？」

「さあ、どうでしょう」

「その辺の事情をよくご存じの方はいらっしゃいませんか？」

「私は北上さんの周辺についてはよく知っているほうだと自負しています。その私が知らないのだから、他に知っている人はほとんどいないと思います」

「でも、二人が会った可能性はあるんですね？」

「ええ。あくまでも噂ですから、どの程度の蓋然性《がいぜんせい》があるかはわかりませんが……」

伊丹は質問を終えたようだ。市毛課長も何も尋ねようとしない。

伊丹が竜崎に言った。

「何か訊きたいことはあるか？」

竜崎はかぶりを振った。

もう質問する必要はない。

「じゃあ、俺は小田原に戻る」

竜崎がそう言うと、伊丹は一瞬戸惑ったような顔になった。戻るというのが唐突に感じたのだろう。

「赤井さんに訊きたいことがあって来たんだろう？　もういいのか？」

「ああ、もういい。後で連絡する」

そして竜崎は、赤井に礼を言って部屋を出た。そのまま玄関に向かい、公用車で小田原署に向かった。


車の中で、今回の事件について考えていた。わかったことを頭の中で組み上げ、またばらしては組み上げた。ふと車窓に眼をやると、小田原城が見えた。今さらながら、「ああ、俺は小田原にいるんだな」と思った。

小田原署に着いたのは午後四時頃のことだった。捜査本部の幹部席に戻ると、板橋課長が竜崎に尋ねた。

「向こうはどうでした？」

「赤井という編集者の話を聞いてきた」

「それで……？」

「いろいろと考えなければならないことがある」

「どんなことです？」

「警視庁の殺人事件と、こちらの誘拐事件の関係だ」

板橋課長は眉をひそめた。

「赤井という編集者から、いったい何を聞いたのです？」

竜崎は、加賀谷二郎こと増沢秀二郎に関する噂について、板橋課長と内海副署長にできるだけ詳しく説明した。

話を聞き終えても、板橋課長と内海副署長はしばらく無言のままだった。

板橋課長が口を開いた。

「北上さんは小説家だし、加賀谷さんもそうだったわけでしょう。二人は知り合いだったのだし、加賀谷さんが大きな文学賞を受賞した北上さんに会いたがったとしても、そんなに不自然なことではないでしょう」

竜崎は尋ねた。

「本当にそう思うか？」

板橋課長は少々むっとした顔になって言った。

「いや、断言はできませんが……」

「別に責めているわけじゃないんだ。それが常識的な判断なのかどうか、知りたいんだ」

内海副署長が言った。

「盗作という事実がなければ、今の板橋課長の話は常識的な判断だと言えるでしょうね」

竜崎は言った。

「加賀谷さんが、北上さんに盗作をされたと思っていたとしたら、彼が会いたがったのは、受賞を祝うためではありません」

「でも……」

内海副署長が言った。「それはあくまで、噂なのですよね？」

「そうですよ」

板橋課長が言った。「部長が何をお考えなのかは想像ができます。しかし、単なる噂を根拠に、何かをご発言なさるのは危険です。部長の言葉は重いのです」

「わかっている。不用意に発言しようとは思っていない。だから、考えているんだ」

そのとき、竜崎の携帯電話が振動した。梅林賢からだった。

「竜崎です」

「会って話がしたい」

「どのようなお話でしょう」

「誘拐事件のことだ。あんたにも、もうわかっているはずだ」

「いつがよろしいですか？」

「早いほうがいい。今からそちらに行く」

「では、いつもの部屋を用意しておきます」

「わかった」

「副署長か刑事課長らが同席してもよろしいですか？」

一瞬、間があった。梅林賢は言った。

「かまわんよ」

電話が切れた。

21

竜崎は板橋課長、内海副署長、小牧中隊長に事情を話して、すぐに応接室に移動することにした。

板橋課長が言った。

「私と小牧中隊長が同行します」

竜崎がうなずくと、内海副署長が言う。

「お留守の間は私が捜査本部を引き受けます」

「お願いします」

竜崎はそう言うと、板橋課長、小牧中隊長とともに捜査本部をあとにした。

エレベーターの中や廊下を進む間、板橋課長と小牧中隊長は無言のままだった。何事かをしきりに考えている様子だ。

竜崎たち三人が待ち受ける応接室に、梅林賢がやってきたのは午後四時半頃のことだった。彼は、いつになく厳しい表情をしている。

梅林賢は、テーブルを挟んで、竜崎の向かい側に座った。板橋課長が竜崎の右横、小牧中隊長がさらにその向こうに座っている。

竜崎は言った。

「お話というのは、北上輝記さんのことですね」

梅林賢がこたえた。

「部長さんたちと話をしたあと、俺はずっと考えていた。北上と加賀谷の間に、いったい何があったのかと……」

「赤井さんによると、北上さんが文学賞を受賞されたあと、加賀谷さんは北上さんに会いたがっていたということです。加賀谷さんは、受賞作が自分の作品の盗作だと言っていたらしいです」

「二人は、実際に会ったのだろうな。だから、こんなことになった……」

「こんなことというのは……？」

梅林賢は、どこかに痛みを感じているような顔で竜崎を見た。

「だから、もうわかっているんだろうと言ってるんだ」

「私は警察官ですので、根拠のない発言はできません」

「根拠なら、もうたくさんあるじゃないか」

「証拠と状況証拠は違います」

「ならば、俺のほうから質問するが、いいかね？」

竜崎は板橋課長と小牧中隊長の顔を見た。二人は緊張した面持ちで何も言わなかった。

「けっこうです」

竜崎がこたえると、梅林賢が言った。

「まず、北上の誘拐事件についてだ。この誘拐には不可解な点がたくさんある。そうだろう」

「我々にとって事件は多かれ少なかれ不可解なものです」

「実行犯から聞いた話に納得がいかないと言っていたな」

竜崎はうなずいた。

「たしかに、そう言いました」

「実行犯は、一人で北上の誘拐をやってのけたと言っている。だが、竜崎部長はそれは不可能じゃないかと考えている。そうだな」

「はい。何度考え直しても、闇バイトで雇われた実行犯が、一人でやれることとは思えないのです」

「だが、鑑識の結果も、一人でやったという実行犯の供述を裏付けているんだろう？」

「そうです」

「他にも妙なことがあるんじゃないか？」

竜崎はこたえた。

「誘拐事件の捜査を実質的に仕切っていた小牧中隊長が、解放された直後の北上さんから話を聞いて、気になることを言っていました」

「どんなことだ？」

「北上さんの記憶が明確なのに驚いたと……。取り調べを受けた実行犯よりも記憶がはっきりしていたと感じたそうです」

「その、小牧中隊長というのは……？」

梅林賢が尋ねると、「自分です」と小牧中隊長がこたえた。

梅林賢は小牧中隊長を見ると尋ねた。

「誘拐の被害者が、状況を詳しく覚えていることはないのかね？」

「多くの場合、目隠しをされ、パニック状態になるので、記憶が断片的なことが多いです。北上さんも目隠しをされたとおっしゃっておりましたので、精神的に不安定になってもおかしくはないのに、その記憶は時系列に沿っており、明瞭でした。やはり、一流作家は違うものだと、感心いたしました」

「作家だってパニックになるさ」

梅林賢が言った。「つまり、北上の記憶に違和感を覚えたということだね？」

「違和感といえば……」

小牧中隊長は一瞬躊躇するように言葉を切ってから続けた。「最初から、ちょっと勝手が違うという印象を受けておりました」

「勝手が違う？」

「我々は多くの誘拐事件を経験し、また過去の誘拐事件に学んで、いろいろなノウハウを蓄積しております。今回それが、ほとんど役に立ちませんでした」

「なぜだ？」

「犯人から要求がなかったからです」

「マスコミに発表しろという要求があったはずだ」

「自分の言う要求は、金銭等の要求です。あるいは、逃走用の車とか食事、飲料水、医薬品といったものの要求のことです」

「なるほど、そういう要求があれば、犯人との交渉もできるというわけか」

「誘拐犯は多くの場合、交渉したがっています。犯人も不安なのです。そこが我々の狙い目です。

さらに、要求された品を届けるときとか、身代金を渡すときなど、犯人と物理的に接触する機会があります。それが、解決の糸口となるのです」

「今回はその糸口がなかったということだね？」

「身代金の要求もなく、こんなに接触してこない犯人は珍しいと感じていました」

「マスコミに発表しろという犯人の要求は受け容れたんだな？」

「はい」

「その結果はどうなった？」

「取材陣が一気に増えて、連日マスコミで報道されることになりました。しかし……」

「しかし？」

「それだけです」

「それだけ……」

「はい。事件に関していえば、ほとんど進展はありませんでした」

「俺もずっと気になっていたんだが……」

梅林賢が言った。「つまり、犯人の目的がわからないということだな？」

小牧中隊長は大きくうなずいた。

「おっしゃるとおりです。犯人の目的がわからず、なかなか打つ手が見つかりませんでした」

「打つ手がなく困っていると、北上はあっさり解放された……」

「ええ。本当にほっとしました」

「そう。日本中がほっとしたことだろう。だがね、そこで俺はまた思った。犯人はいったい何がしたかったのだろうと。北上を誘拐したことで、犯人は何を得たのだ？」

小牧中隊長がこたえた。

「わかりません。何か精神的な充足でしょうか……」

「実行犯は誰かに闇バイトで雇われたんだそうだな」

「はい。そう供述しています」

すると、今まで黙っていた板橋課長が発言した。

「しかし、捜査が進んでもいっこうにその黒幕の存在が浮かび上がってきません」

「課長さんだったね？」

「はい。捜査一課長です」

「それに違和感があるんだね？」

「あります。捜査員は必死です。にもかかわらず、これまでその黒幕が残した痕跡が見つかっておりません」

「今までに出た疑問や違和感を解決するこたえが一つだけある」

板橋課長が聞き返した。

「何でしょう？」

「そのこたえに、竜崎部長もおそらく気づいている」

板橋課長と小牧中隊長が、同時に竜崎を見た。

竜崎は言った。

「黒幕などいなかったと考えれば、理屈は通る」

「え……」

　小牧中隊長が目を丸くする。「実行犯の供述を無視するんですか」

「無視するわけではない。五十万円で雇われたというのは、本当のことかもしれない。闇サイトが使われたという可能性もある」

「おっしゃっていることがわかりません」

　竜崎は板橋課長に確認した。

「実行犯の名前は、もう発表されているな？」

「はい」

「では、ここで名前を出してもかまわないな。実行犯の寺島正孝を雇ったのが、北上輝記さんだとしたら、すべてに辻褄が合う」

　板橋課長が眉をひそめた。

「北上さんが寺島を雇った……」

「そうだ」

　竜崎はうなずいた。「俺は、誘拐を寺島が一人で実行したということにずっと疑問を抱いてた。それは不可能だと思う。だが、誘拐に使用された車には、北上さんと寺島の痕跡しか残っていなかった。これは矛盾する」

　板橋課長と小牧中隊長が顔を見合わせた。二人は竜崎の指摘を無言で確認しあったのだろう。

　竜崎は言葉を続けた。

「しかし、もし、寺島を雇った黒幕が北上さん本人だったとしたら、矛盾はしない」

板橋課長が言った。

「誘拐は狂言だったということですか？」

「いくら捜査しても、黒幕の素性がわからなかった。黒幕が北上さん自身なら、それも当然だろう」

板橋課長と小牧中隊長が再び顔を見合わせる。梅林賢は、どこか遠くを見ているような眼をしていた。

「犯人は、金銭など何も要求しなかった。目的は金ではないからだ」

「いや、ですが……」

小牧中隊長は、竜崎の推論をにわかには受け容れられない様子だ。「まさか、そんなことが……」

竜崎は言った。

「寺島は北上さんのファンだった。だから、五十万円の闇バイトで北上さんを誘拐したということも納得がいかなかった。しかし、依頼主が北上さん本人だとなれば、事情は別だ。逆に言うと、北上さん以外の誰に言われても、寺島は北上さん誘拐など実行しなかっただろう」

「それはそうでしょうが……」

「君は、解放された後、北上さんが誘拐されたときの状況について詳細に記憶しているのに驚いていたな。北上さん自身が誘拐を計画して、寺島に実行させたのだとしたら、細かく記憶していて当然だろう」

「あ……」

小牧中隊長は言葉を失った。

「たしかに……」

板橋課長が言った。「もし、北上さん自身が誘拐の黒幕だったとしたら、いろいろな疑問に説明がつきます。じゃあ、目的は何だったんです？　何のために狂言誘拐などをやったんです？」

梅林賢が言った。

「誘拐の黒幕、つまり北上自身が警察に要求したのは何だった？」

板橋課長がこたえた。

「マスコミに公表しろということです」

「それは、たしか、ＳＮＳに誘拐だという書き込みがあった後のことだな？」

「そうです」

「おそらくＳＮＳに書き込んだのは、北上本人だろうな。あるいは、寺島という実行犯に命じてやらせたか……。それが、あまり効果がなかったので、今度はマスコミに公表しろと言い出したんだ」

「何のために、そんなことを……」

「自分が誘拐されたということを、世間に知らしめなければならなかった」

「まさか……」

板橋課長が眉をひそめた。「話題作りですか。でも、すでに北上さんは有名作家だし、大きな賞を受賞したばかりです。今さら世間の注目を集める必要などないでしょう」

梅林賢は竜崎に言った。

「俺が、誘拐事件は陽動作戦かもしれないと言ったのは覚えているか？」

竜崎はうなずいた。

「覚えています。しかし、陽動というからには、その背後に有名作家誘拐に見合うだけの出来事がなければなりません。しかし、そのような出来事を、警察は摑んでいません。そのとき、私はそう言いました」

「殺人事件はどうだ？」

「え……」

声を洩らしたのは板橋課長だった。「殺人事件……」

「そうだ」

梅林賢は竜崎を見たまま言った。「殺人事件なら、作家誘拐という陽動に充分見合うんじゃないのか」

竜崎は言った。

「加賀谷さんが殺害されたことをおっしゃっているのですね？」

「そうだ。加賀谷が殺害された同じ日に、北上の誘拐事件が起きた。北上と加賀谷は過去に因縁があったのは話したとおりだ。警察はこれを偶然と思うほどおめでたくはないだろう」

「おっしゃるとおり、それほどおめでたくはありません」

「だから言ったんだ。あんたはもう気づいているのだろうと」

「つまり、こういうことですか？」

板橋課長が言った。「北上輝記さんが、加賀谷二郎こと増沢秀二郎さんを殺害した。それを隠すために狂言の誘拐事件を起こした……」

梅林賢が言った。

「陽動作戦というより、アリバイ工作かな……。殺人事件が起きたとき、北上は誘拐事件の被害者となっていた。目隠しされて、監禁されていたというんだろう？　これ以上のアリバイはない」

板橋課長が竜崎に言った。

「それで、警視庁の捜査本部においでになったのですね？」

「北上さんと加賀谷さんの関わりがどうしても気になったんだ」

「どうしてそれを、我々に話してくれなかったんですか」

「不確かな話をすれば、捜査を混乱させる恐れもある」

「我々にだって、判断する能力はあります」

「だから、ここに二人を呼んだんだ。俺だけでは判断がつかないと思った。課長と中隊長に話を聞いてもらい、どう思うか訊こうと思ったんだ」

すると、小牧中隊長が言った。

「私見を申し上げてよろしいでしょうか」

「もちろんだ。そのために同席してもらったと言ってるだろう」

「今の説明を聞いて、初めていろいろな疑問が氷解しました。これまで、北上氏の自宅で張っていても、寺島の取り調べをしても、ずっと疑問がつきまとっていたのです。誘拐事件が狂言だったと考えれば、すべて説明がつきます」

竜崎は板橋課長に尋ねた。

「君はどう思う？」

「同意見です。しかし、問題は今後どうするか、です。梅林さんのお話のとおりだとすると、北上さんは警視庁が捜査している殺人事件の被疑者ということになりますね。警視庁ではそれに気づいているのですか？」

「君らの意見を聞いてから、伊丹に連絡するかどうか決めようと思っていた」

「……で、どうします？」

「すぐに連絡しようと思う」

「北上輝記はどうします？」

板橋課長が竜崎に尋ねた。すでに北上を呼び捨てにしている。被疑者と認めたということだろう。

「都内での殺人の被疑者となれば、我々がうかつに触ることはできない。警視庁が動くまで、監視するしかないだろう」

すると、小牧中隊長が言った。

「誘拐事件のときに、自宅に張り付いていた捜査員に監視させましょう。前線本部にしたマイクロバスをそのまま使います」

その判断は、板橋課長がするべきだと思ったので、無言で彼を見た。

板橋課長は言った。

「すみやかに動いてくれ。隠密行動だぞ。北上に逃げられるようなことがあれば、警視庁に顔が立たないぞ」

「了解しました。失礼します」

小牧中隊長は立ち上がり、一礼して応接室を出ていった。

「私も捜査本部に戻ります」

板橋課長も出ていった。

竜崎は梅林賢に言った。

「警視庁の刑事部長に電話をしなければならないので、私もこれで……」

「電話ならここですればいい。今さら俺に聞かれたくないことなんてないだろう」

竜崎はうなずいた。

「では、お言葉に甘えます」

携帯電話を取り出し、伊丹にかけた。時刻は午後五時半を少し回ったところだ。

「何だ？」

「北上輝記が、加賀谷二郎こと増沢秀二郎さんを殺害した犯人かもしれない」

一瞬、無言の間があった。

「おまえ、何言ってんだ？　寝ぼけてるのか？」

竜崎は、板橋課長や小牧中隊長を交えて梅林賢と話し合った内容を伝えた。

話を聞き終えた伊丹は、低く唸ってから言った。

「アリバイ工作だって……。そのために、世の中を騒がせたってことか」

「その疑いがある」

「誘拐事件の捜査はうまく進まなかったんだな？」

「実行犯を確保したが、黒幕は謎のままだった」

「こっちの捜査も難航していた。いっこうに被疑者が浮かんでこなかった。しかし、両方の事案を合わせて考えると……」

「事件の全体像が見えてくる」

「しかし、確証がないんだろう？」

「俺たちは、誘拐の実行犯の寺島をもう一度取り調べる。そっちは北上輝記の身柄を取って取り調べをすればいい。北上の自供と寺島の供述がそろえば……」

伊丹の口調が変わった。

「北上輝記は今どうしてる？　身柄は？」

「自宅にいる。うちの特殊犯中隊が監視している」

「こうしちゃいられないな……」

「今どこにいるんだ？」

「本部だ」

警察はやたらに「本部」という言葉を使うから、何の本部かわからないことがある。

「捜査本部か？」

「違う、警視庁本部だ。刑事部長室にいる。これから捜査本部に向かう。……いや、そっちに行ったほうがいいか。とにかく、捜査一課長に連絡してみる」

「こっちに来るなら、捜査本部でなく、応接室を訪ねてくれ」

「わかった。また連絡する」

電話が切れた。

22

竜崎が電話をしまっても、梅林賢は無言のままだった。ただ、テーブルの表面をじっと見つめている。

その表情は穏やかに見える。竜崎はそれが意外だったので、話しかけた。

「ご友人に殺人犯の嫌疑がかけられるというのは、さぞかしショックでしょうね」

梅林賢は視線を上げて竜崎を見た。

「ショック……？」

「北上さんが犯人ではないかと気づかれたときは、ずいぶん悩まれたのではないですか？」

「それがさ……」

梅林賢は再び視線をテーブルに落とした。「そうでもないんで、自分でも驚いているんだ」

「そうでもない？」

「ジャンルは違うが、俺と北上は比較的親しかった。あんたは友達と言ったが、まあ、そう言っていいかもしれない。作家同士で友達になることなんて、滅多にないんだがね……」

「そうなんですか？」

「あんたは、警察組織内に友達はいるのかね？」

一瞬、伊丹の顔が浮かんだが、竜崎はこたえた。

「わかりません」

「友達というのは、利害関係のない間柄だ。作家はみんな商売敵だと言っただろう。それに、だいたいみんなわがままだからね。仲間にはなれても友達にはなかなかなれない」

「でも、あなたと北上さんは友達だった」

梅林賢はうなずいた。

「だからさ、戸惑っているんだよ」

「戸惑っている……？」

「そう。あんたが言うようなショックを受けていないんだ。だから、そんな自分に戸惑っているわけだ。誰だって、友達が殺人犯かもしれないとなれば、衝撃を受けてうろたえるだろう。度を失って、北上の自宅に駆けつけても不思議はない。だが、そんな気が起きないんだ」

「まだ実感がないのかもしれません」

「そうかね。午前中にあんたや警視庁の刑事部長と話してから、ずっと考えていたんだ。だから実感がないわけじゃないと思う」

「北上さんが逮捕されれば、もっと実感が湧くかもしれません」

梅林賢はしばらく無反応だったが、やがてかぶりを振った。

「それでも、あまり変わらないと思う。悲しくもないし、腹も立っていない。俺はこんなに冷淡な男だったのかと、自分であきれているんだ」

「そんなものかもしれません」

「そんなもの？」

「ええ。私は仕事柄、いろいろと悲惨な事実を目にします。そんなとき、人間としてもっと悲しむべきではないかとか、もっと驚いてもいいのではないかと思うことがよくあります」

「もともと感情の起伏にとぼしいわけじゃないんだな」

「自分では人並みだと思っています」

梅林賢はうなずいた。

「そんなもの、か……。わかるような気がする。人間、ドラマのように悲しんだり嘆いたりはしないものだ」

「衝撃は遅れてやってくるかもしれません」

「そうかもしれない。心の準備はしておくとしよう」

「はい」

「頼みがあるんだが」

「何でしょう」

「もし、本当に北上が殺人犯で、逮捕されるようなことになったら、会わせてもらえないか」

「それは難しいと思います」

「刑事部長だろう。何とかならないのか。悲しくもないし腹も立たないと言ったが、どうしても理解できなくてひどく苛立ってはいるんだ」

「加賀谷さんを殺害した理由が理解できないということですね？」

「ああ。それだけは本人から聞いてみたい」

竜崎はしばらく考えてからこたえた。

「約束はできませんが、警視庁の刑事部長に交渉してみましょう」

「頼む」

「実は、こちらからもお願いがあるのです」

「何だ？」

「個人的なことなので、事件が片づいたあとに相談させていただきたいと思います」

「そうか」

梅林賢がうなずいた。「わかった。じゃあ、俺は引きあげる」

彼は立ち上がり、部屋を出ていった。

竜崎はそのまま応接室で伊丹を待つことにした。捜査本部は板橋課長と内海副署長に任せておけばいい。しばらく一人で考え事をしたかった。


伊丹が応接室にやってきたのは、午後七時頃のことだった。捜査一課の田端守雄《たばたもりお》課長と、池谷《いけたに》陽一《よういち》管理官がいっしょだった。この二人とは、大森署時代に捜査本部などで何度か会っている。

伊丹はかなり興奮している様子だった。

「田端一課長、池谷管理官と話し合った。おまえが言ったとおり、本人の自供か、誘拐実行犯の供述があれば、逮捕状が取れる。ともかく、北上の身柄を押さえようということになった」

竜崎は言った。

「任意で身柄を取って、自供したら逮捕状を執行するということか？」

すると、田端課長が言った。

「逮捕状の緊急執行ということで、逮捕でいいと思います」

逮捕状が発付されることを見越して、逮捕状なしで先に執行してしまおうということだ。望ましいことではないが、実際にはしばしば行われる措置だ。

「身柄は警視庁の捜査員が押さえるんだな？」

竜崎の問いに、田端課長がうなずいた。

「はい。そうさせていただこうと思い、捜査員をこちらの捜査本部に待機させております」

竜崎はうなずいてから、伊丹に言った。

「一つ、頼みがある」

「何だ？」

「北上輝記の身柄を押さえたら、会わせてほしいと、梅林賢が言っている」

「二人は親しいんだろう？　取り調べに支障を来す恐れがある。会わせるわけにはいかない」

「自供の後とか、送検する前でいいんだ。梅林賢のたっての頼みだぞ」

「そう言われると弱いが……」

「梅林賢は、北上がどうして加賀谷を殺害したのか、その理由を本人の口から聞きたいと言っている」

「まだ北上が殺害したと決まったわけじゃない」

「だから、それが確認されてからでいいんだ。誘拐事件と殺人事件が、実は一つの事件だったと見破ったのは、梅林賢だぞ。彼には北上から話を聞くくらいの権利はあると思う」

「しかしな……」

「武士の情けだ」

伊丹は田端課長に尋ねた。

「どう思う？」

田端課長がこたえた。

「武士の情けと言われちゃ、断れんでしょう」

伊丹が竜崎に言った。

「わかった。その代わり、おまえが責任を持てよ」

伊丹らしい物言いだと、竜崎は思った。

「そのときは、俺も同行する」

伊丹があらためて、確認するように竜崎に尋ねた。

「北上輝記は自宅にいるんだな？」

「そうだ」

伊丹は続いて田端課長に言った。

「じゃあ、身柄確保だ」


午後七時十分、北上輝記の身柄が警視庁の捜査員によって確保された。当初、田端課長が言ったとおり、逮捕状の緊急執行も視野に入れていたようだが、北上があっさりと同意したので、実際には任意同行という形になったようだ。

竜崎は捜査本部にもどり、その知らせを聞いた。

「任意だったんだな……」

竜崎がそうつぶやくと、隣にいた板橋課長が言った。

「逮捕したら、四十八時間以内に送検しなければなりません。任意なら、時間に縛られずにゆっくり話を聞けます」

「その代わり、拘束することはできない。取り調べを受けている者が帰りたいと言ったら帰さなければならない。でないと、違法捜査になる」

「ええ、それが原則ですが……」

板橋課長が言った。「取り調べの最中に『帰る』と言い出す者はそれほど多くはありません」

「それでも言い出す者はいるだろう」

「そのときに逮捕すればいいんです」

そういう措置は刑訴法上、グレーゾーンと言えるかもしれない。だが、それが現場のやり方なのだろう。

北上の身柄は、警視庁高井戸署の捜査本部に運ばれた。すぐに取り調べが始まるだろう。

午後七時二十分頃、竜崎がいる捜査本部に、兵藤署長がやってきた。

まっすぐに幹部席に近づいてくると、彼は竜崎に言った。

「いやあ、こんな結末になるなんて、考えてもいませんでしたね」

竜崎はこたえた。

「そうですね」

「これで、捜査本部は解散ですね」

「まだ、誘拐の実行犯の取り調べが続いています」

「え……？　狂言誘拐だったんでしょう？」

「北上本人に命じられてやったという証言がほしいのです」

「じゃあ、その証言が取れたら解散していいですね？」

署長としては、一刻も早く負担の大きい捜査本部を解散してほしいのだろう。

すると、内海副署長が言った。

「残務処理は警務課長といっしょにやっておきます」

兵藤署長は、内海副署長と竜崎の顔を交互に見ながら言った。

「捜査本部の終了に当たって、署長として捜査員に何か言わなくていいですかね？」

竜崎はこたえた。

「実行犯の取り調べがいつまで続くかわかりませんので、そういうことはこちらですべてやっておきます」

「ああ、そうですか」

兵藤署長は残念そうな顔で言った。「では、よろしくお願いしますよ。副署長、あとは頼んだぞ」

彼は捜査本部を出ていった。

今のやり取りを脇で聞いていた板橋課長が言った。

「署長は、何をしにいらしたのですかね」

内海副署長が言った。

「自分の存在を忘れてほしくなかったんでしょう」

板橋課長が言った。

「いやあ、実際忘れかけていましたね」

そこに小牧中隊長が駆け足でやってきた。

「寺島の証言が取れました」

板橋課長が尋ねた。

「北上に頼まれて、狂言誘拐をやったと証言したんだな？」

「はい。闇バイトに応募して、依頼主に会ったら、北上輝記本人だったので、ものすごく驚いたと言っています。五十万円で雇われたというのは本当のことのようです。つまり、北上が五十万円出したわけです」

竜崎は尋ねた。

「北上は、ずっと目隠しをされていたと言っていたが、そうではなかったのだな？」

「誘拐を演じた直後から、別行動だったということです」

板橋課長が言った。

「アリバイがなくなったということですね。すぐに、警視庁の捜査本部に知らせます」

竜崎がうなずくと、板橋課長は自ら電話した。

その電話が終わると、小牧中隊長が言った。

「寺島はどうします？」

板橋課長が言った。

「誘拐は狂言だったし、被害者本人に頼まれたんだからな……」

「殺人の共犯ということにはなりませんか？」

「北上が何をするか知らなかったんだろう？　そいつは酷だろう」

「じゃあ、やはり誘拐犯として送検しますか。依頼されたとはいえ、実行したわけですから……」

「うーん。狂言だからなあ……」

竜崎は言った。

「検察に相談してみろ。判断を任せてしまえばいい」

板橋課長が言った。

「そうします」

「さて……」

内海副署長が言った。「これで、捜査本部は終了ですね」

竜崎はこたえた。

「そうですね。寺島についての検察の判断が聞けたら、その段階で解散できると思います」

「部長とごいっしょできて、いろいろと勉強になりました」

勉強になることなど、何一つした覚えはない。

「副本部長があなたで、助かりました」

「私は何もしていません」

「いえ。要所要所で支えていただきました。感謝します」

「小田原名物の練り物の弁当をもう一度用意したかったのですが、それはまたの機会に……」

検察に電話していたらしい板橋課長が、受話器を置いて言った。

「逮捕・監禁罪で送検しろとのことです。起訴猶予や不起訴もありうるが、それは向こうで判断すると……」

「じゃあ、すみやかに手続きに入ってくれ」

「了解です」

内海副署長が竜崎に言った。

「では、捜査本部の解散を宣言されてはどうです？」

竜崎はそれを受けて、捜査員一同に向けて言った。

「寺島正孝の送検が終了次第、当捜査本部を終了・解散します。みなさん、ごくろうさまでした」

午後九時を過ぎた頃、伊丹から竜崎の携帯電話に連絡があった。

「北上輝記が、加賀谷二郎こと増沢秀二郎を殺害したことを自供した。凶器の発見はまだだが、時間の問題だ」

「任意で連れていったんだろう？　逮捕したのか？」

「そっちの実行犯の供述を聞いて、すぐに逮捕状を請求した。発付され次第執行する。それも、もうじきだ」

「そうか」

「話を聞くなら、今だぞ」

「わかった。梅林賢に電話してみる」

電話が切れると、竜崎はすぐに梅林賢にかけた。北上と話ができそうだと告げると、すぐに行けるということだった。

「では、ご自宅に迎えに参ります」

「あんたが来るのか？」

「はい。何かあれば責任を取るようにと、警視庁の刑事部長に言われましたので」

「すまんな」

電話を切ると、竜崎は席を立った。

その瞬間、その場に残っていた捜査員が全員起立した。そして、竜崎が捜査本部を出ようとすると、一斉に上体を十五度折る敬礼をした。

幹部席の内海副署長と板橋課長も敬礼をしている。竜崎は戸口で立ち止まり、深々と返礼した。


自宅にいる梅林賢を拾い、公用車で高井戸署に向かった。車中では二人とも無言だった。

高井戸署に着いたのは、午後十時半近くのことだった。一階にいる当番の者に来意を告げると、すぐに取調室に案内された。

狭い部屋の中に、北上輝記と伊丹がいた。

竜崎は伊丹に言った。

「おまえも立ち会うのか？」

「当然だろう」

当然の意味がわからなかった。捜査本部の責任者として当然なのか、それとも梅林賢のファンだから当然なのか……。

北上輝記は梅林賢のほうを見ていた。

二人はスチールデスクを挟んで向かい合った。竜崎と伊丹は、記録席の近くに用意されたパイプ椅子に座った。

「やあ……」

北上輝記が言った。「こんなところまで来たのか」

梅林賢が言った。

「おまえの口から聞かせてもらいたい。真実ってやつをな」

二人はしばし視線を交わしていた。

23

「経緯は知ってるんだな？」

北上輝記が尋ねると、梅林賢はこたえた。

「ああ。知っている。……というか、おまえがやったことなんて、すべてお見通しだよ」

北上輝記はそれまで硬い表情をしていたが、かすかに笑みを浮かべた。

「ミステリ作家の真似事なんてするもんじゃないな」

「ああ。穴だらけでへたくそなからくりだ。……というか、ミステリは結局犯人が捕まっちまうんだぞ」

「だが、やってみたかったんだ」

「狂言誘拐のことはいい。俺が訊きたいのは、どうして加賀谷を殺したのかってことだ」

その理由は、竜崎もぜひ知りたかった。竜崎と伊丹は、身じろぎもせずに二人のやり取りに集中していた。

北上輝記が言った。

「さあ、どうしてだろうな……。おまえはどう思う？」

「今回の受賞の直後に、加賀谷がおまえに会いたいと言ってきたそうだな？」

「創作といっても、ゼロから何かを生み出せるわけじゃない。作者は過去の経験をもとにして作

「まあ俺も、思い当たる節がないわけじゃない」

世の中の小説は盗作だらけということになる」

「いや。本音だ。加賀谷が書いたものに触発された部分はあるが、それが盗作だと言われたら、

「言い訳じゃないのか」

ていたうちにそれがひょっこり形になるようなことが……」

っていな……。おまえもあるだろう。忘れていたつもりが、潜在意識のどこかに残っていて、書い

「昔、あいつが書いたものをいくつも読んだ。活字にならなかった作品も見せてくれたことがあ

「どうかなって、どういうことだ」

「どうかな……」

「受賞作は盗作だったのか？」

「たしかにそんなことを言われた」

害したと考えるだろうな」

「加賀谷は、おまえの受賞作は盗作だと言っていたそうだな。おそらく世間は、それが理由で殺

「ああ。杉並区の狭いアパートだった」

「あいつの自宅にか？」

「会った。あいつは小田原まで来ると言ったが、俺のほうから出向いたんだ」

「会ったのか？」

「ああ」

品を生み出している。その経験は本人の実体験だけじゃない。映画を観たり、読書をしたりというのも含まれるわけだ」

考えてみれば、それは当然のことだ。無から何かを創り出すことなど不可能だろう。だが、実作者本人の口からそういうことを聞くと感慨深いものがあると、竜崎は思った。

梅林賢が言った。

「じゃあ、こういうことか？　おまえは盗作したつもりなどないのに、加賀谷に盗作だと言われ、腹を立てたと……」

「いや、そうじゃないんだ」

「じゃ、どういうことだ」

「すごく楽しかったんだよ」

「楽しかった？　何がだ？」

「加賀谷が俺に論争を挑んできて、俺は応戦した。最初は面倒臭いやつだと思っていた。だが、話を聞くうちに、加賀谷がなかなか面白いことを言うやつだと気づいた」

「四半世紀も前の話だな」

「そうだ。時に俺たちは時間を忘れて語り合った。あいつの未発表作品を読んだのもその頃のことだ。俺も頭の中にある作品の構想を話したりした。あいつとのやり取りは本当に楽しかったんだ。だから……」

そこで北上輝記は言葉を呑み込んだ。しばらく無言だった。どう言えばいいか考えている様子だった。

梅林賢も無言のまま次の言葉を待っていた。

やがて、北上輝記が言った。

「だから、俺が会った相手は加賀谷だとはとても思えなかった」

「堕落したからか」

「堕落という言葉は当たらないな。もっと有害なものだ。腐敗と言うべきだろうな」

「俺は最近の加賀谷を知らない」

「俺もしばらく会っていなかった。十年、いや二十年振りくらいだろうか」

「週刊誌なんかのライターをやっていたそうだな」

「それも最近は仕事にならず、警備員のバイトをしていたらしい」

「ああ、そんな話も聞いたことがある」

「別に警備員をやっていたっていいんだ。書き続けてくれてさえいればな。あいつは、いいものが書けるんだ。少なくとも二十五年ほど前はそうだった。俺はいつも、あいつの話に刺激されたもんだ。それなのに……」

「受賞後に会ったときは、そうじゃなかったんだな？」

「言っただろう。腐敗していたんだ。あいつの言葉からも腐臭がした」

「何を言われた？」

「賞金と印税の半分をよこせと、あいつは言った。そこまではよかった。俺が取り合わないと、彼は値を下げ始めたんだ。じゃあ、三分の一、いや四分の一でいいと……。俺はそんな加賀谷を見たくなかった」

「相手にせずに、その場を離れて、二度と会わなければよかったんだ」

するとと北上輝記は、悲しそうな顔で梅林賢を見た。

「そうするつもりだったよ。その日は加賀谷のアパートを出て帰宅した。だがね、人間というのは、そう簡単にものごとを吹っ切れるもんじゃない。俺の中で、加賀谷に対する怒りが膨らみ、どうしても許すことができなくなった」

「それで、殺害を計画したのか？」

「そう。俺なりに綿密な計画を立て、再び加賀谷のアパートを訪ねたんだ。もう一度言うが、二十五年前の加賀谷との議論は本当に楽しかったんだ。だから……」

「殺したんだな」

「そういう結果になった」

「凶器はどうした？　加賀谷は刺されて死んだと聞いたぞ」

「加賀谷の部屋にあったナイフだ。受賞後、最初に会ったとき、俺が金を払うことを拒んだら、あいつはナイフを出して俺を脅したんだ」

「加賀谷がナイフを……？」

梅林賢が聞き返す。

竜崎と伊丹はそっと顔を見合わせていた。

北上輝記がこたえた。「いかにもあいつが好きそうな大きなサバイバルナイフだった。二度目に訪ねたときもこれ見よがしにテーブルの上に置いていた。それを見たとたん、俺は頭にかっと血が上った。そのやり口があまりに陳腐で腹が立ったんだ。あの想像力豊かだった加賀谷がやるようなことじゃない。不思議なもので、恐怖は感じなかった。そのとき俺が感じていたのは、純粋な怒りだった」

「そのナイフで刺したんだな？」

「不摂生が祟《たた》ったのだろうな。加賀谷はまったく体力がなく反応が遅かった。それで俺はナイフを手にできた」

再び、沈黙の間があった。

梅林賢が言った。

「それで？　加賀谷を殺害して、今はどんな気分だ？」

「それがさ……」

北上輝記は、気が抜けたような口調で言った。「不思議なほど何も感じないんだ」

梅林賢はうなずいてから、竜崎のほうを見た。

「無理を言って済まなかったな」

竜崎は尋ねた。

「もうよろしいのですか？」

「ああ、もういい」

梅林賢は立ち上がった。北上輝記は何も言わず、視線を落としている。

「俺とは議論などしたことがないな」

梅林賢がそう言うと、北上輝記は顔を上げた。そして、再びほほえんだ。

「おまえとは酒が飲めればいい」

梅林賢はうなずいて言った。

「生きて刑務所から出てきたら、またいっしょに飲んでやるよ」

そして彼は取調室を出ていった。


竜崎と伊丹が廊下に出ると、そこに梅林賢が佇《たたず》んでいた。

竜崎は言った。

「誰かに送らせましょう」

「いや。いい」

「もう夜中の十一時過ぎですよ」

「いつもなら、まだ飲んでいる時間だ」

「私がお送りします」

「え……」

声を上げたのは伊丹だった。「おまえが？」

「公用車がある」

「俺だって公用車で来ているぞ」

「おまえが送りたいということか？」

「そりゃそうだよ」

「梅林さんのご自宅は、小田原だぞ」

「かまわない」

「じゃあ、いっしょに来ればいい」

竜崎はいつもの公用車の助手席に乗った。後部座席の梅林賢の隣を伊丹に譲ってやったのだ。せっかく並んで座っているのに、伊丹は何も話しかけようとしない。梅林賢の気持ちを慮《おもんぱか》っているのだろう。当然の気づかいだ。

「竜崎部長」

車が走りだしてずいぶんと経ってから、梅林賢が呼びかけてきた。

「何でしょう？」

「俺に何か頼みがあると言ってなかったか？」

「実は、息子のことで相談があったのです」

「どんなことだ」

「ええ。できれば、息子に話を聞かせてやってほしいのです」

梅林賢は「ふうん」と唸ってから言った。

「明日にでも、うちを訪ねてくるといい」

「では、そうさせていただきます」

「午後にしてくれ」

「承知しました。では、午後一時でどうでしょう？」

「けっこうだ」

自宅に着き、梅林賢が車を降りた。午前一時を過ぎている。

竜崎は伊丹に尋ねた。

「おまえの車はどこだ？」

「高井戸署だろう」

「神奈川県警本部まで迎えに来させるといい。そこまで送る」

「わかった」

伊丹は自分の公用車の運転手に電話をした。

「凶器は加賀谷が持っていたサバイバルナイフだったんだな」

竜崎は、伊丹が電話をかけ終えるのを待ってから言った。

「ああ」

伊丹がこたえた。「凶器の出所については、すでに供述していた」

「情状を酌める状況だと思わないか？」

「だが、殺人だぞ。相当処分の意見書は付けにくいよなあ……。アリバイ工作で狂言誘拐なんかやらかしてるし……」

送検の際に警察官は処分意見書をつける。これは「厳重処分」か「相当処分」のどちらかで、「厳重処分」は起訴を強く求めるものであり、「相当処分」は不起訴でも構わないということだ。

情状酌量を求める場合は「相当処分」の意見書を付ける。

竜崎は言った。

「北上輝記と梅林賢の話を聞いたんだ。おまえに任せる」

「考えるよ」

「せっかく隣に座っていたのに、ほとんど話をしなかったな」

「梅林賢か？　話ができる状況じゃないだろう」

「まあ、そうだな」

「そばにいられるだけでいいんだよ。それがファンってもんだ」

「俺には、そういう気持ちがわからない」

「そうだろうな」


神奈川県警本部で伊丹の公用車が待っていた。そこで伊丹を降ろし、竜崎は自宅に向かった。

帰宅したのは、午前二時過ぎだ。もう誰も起きていないと思ったら、邦彦が部屋から出てきた。

「お帰り」

「まだ起きていたのか」

「今寝るところだよ」

「明日の午後、時間を取れるか？」

「明日？　もう日が変わってるけど、それ、今日の午後ってこと？」

「ああ、そうだ。月曜の午後だな」

「だいじょうぶだよ」

「じゃあ、小田原まで付き合ってくれ」

「小田原……？　何があるんだ？」

「ある人に会いに行く。十二時半に小田原駅で待ち合わせよう」

「何だか知らないけど、わかったよ。じゃ、おやすみ」

「ああ、おやすみ」

寝室に戻ると、竜崎は自分が疲れ果てていることを初めて自覚した。服を脱ぐのも億劫だ。ベッドに倒れ込むと、ほとんど気を失うように眠りに落ちた。

冴子が何か言ったような気がしたが、聞き返すこともできなかった。


朝はいつものように六時頃に起床した。ダイニングテーブルに着くと、冴子が言った。

「昨日は遅かったんですね」

「ああ。起こしたか？　何か言ったようだったが……」

「お疲れ様でしたと言ったのよ」

「そうか」

「今日は通常通りの出勤ね？」

「ああ。時間通りに車が迎えに来る」

朝食を済ませ、公用車で登庁した。

刑事総務課で、本部長にアポを取るように言った。「すぐにお目にかかれます」という返事だった。

刑事部長室に荷物を置き、すぐに本部長室に向かった。

「刑事部長。ご苦労さんだったね」

佐藤本部長はいつもの精彩を欠いている。

竜崎は言った。

「残念な結果になりました」

「ん……？　誘拐事件は見事に解決したんだろう？　実行犯も送検したって……」

「はい。ですが、警視庁の殺人事件の被疑者が北上輝記でした」

「それだよねえ……」

佐藤本部長が溜め息をついた。「さすがにこたえたね。まさか、こんな結末になるとは……」

「本当にショックを受けておられるご様子ですね」

「そう。ショックを受けておられるんだよ。なんかさあ、夢なら早く覚めてくれって感じだよ」

「お察ししたいのですが、できません」

「え……？」

「警視庁の伊丹刑事部長が梅林賢のファンなのです」

「ああ、そうらしいね。阿久津から聞いたよ。……で？」

「あいつは、昨夜、高井戸署から小田原まで梅林賢を送っていくと言い出したんです」

「ファンなら不思議はないな」

「ところが、車中であいつはほとんど会話をしませんでした」

「それでも幸せなんだよ」

「あいつもそう言っていました」

「それがファン心理ってもんだろう」

「わからないんです」

「何が？」

「そのファン心理っていうものが」

「誰かのファンになったこと、ないの？」

「ありません」

佐藤本部長がぽかんとした顔で竜崎を見つめた。

「若い頃にアイドルとか好きになったことはないわけ？」

「ありません」

「好きな歌手とか音楽家は？」

「いません」

「好きな作家は？」

「いません」

「刑事部長、宇宙人じゃないよね？」

「日本人です」

「へえ……。たまげたね……」

「私は何か欠陥があるのでしょうか？」

「どうかね……。俺、精神科医や心理学者じゃないんでね……。でもね、欠陥とかそういう話じゃないと思うよ」

「では、どういう話でしょうか？」

「関心がそっちに向いていないんだろう。あるいは、まだ出会っていないか……」

「出会っていない？」

「そう。ファンになれる対象と。いい機会だからさ、北上輝記か梅林賢の本を読んでみたら？」

しばらく考えてから竜崎はこたえた。

「そうしてみます」

「しかし、不思議だなあ……」

「何がでしょう？」

「さっきまで俺、しょげてたんだけどね。刑事部長と話をしているうちに、なんだか、どうでもよくなってきた」

「そうですか」

「誰かのファンになったことはないと言ったけど、もしかしたら、ファンを作る側なのかもしれないね。周りに刑事部長ファンがいるんじゃない？」

「私は音楽もやらないし小説も書きません」

「そういうことじゃなくてさ」

竜崎は話題を変えることにした。

「伊丹刑事部長が、北上輝記送検の際に相当処分の意見書を付けるかもしれません」

「不起訴は無理だろうなあ。正当防衛とは言い難いしな……。せめて、殺人じゃなくて傷害致死とかになってくれれば……」

「検察次第だと思います」

「難しいだろうが、なんとか作家として復帰してほしいな」

「それは本人次第だと思います」

「そうだな。他には何か？」

「午後、しばらく本部を離れます」

「事件の後始末か何かか？」

「いえ、私用です」

「嘘でも公務だと言えばいいのに……」

「嘘をつく必要はありませんので……」

「わかった。刑事総務課に居場所を伝えて、いつでも連絡が取れる状態でいてくれ」

「承知しました」

竜崎は礼をして退出した。

24

予定どおり昼の十二時半に小田原駅で邦彦と落ち合い、タクシーで梅林賢の自宅に向かった。

一戸建てだが、北上輝記の自宅とはずいぶんと趣きが違うなと、竜崎は思った。こちらは比較的新しい建物で、今どきのデザインだ。

「え……。ここって、梅林賢の家？」

邦彦が驚いた顔で言った。

「知ってるのか？」

「有名だから、もちろん知ってるよ。父さん、知り合いだったの？」

「今回の事案で知りあった」

中に入るとまだ新しい家の匂いがした。案内されたのは、梅林賢の仕事場だった。三方の壁に書棚が並んでおり、書物で埋め尽くされている。

大きな机の前にテーブルがあり、一人掛けのソファが二つ並んでいた。机の向こうに梅林賢がいて、竜崎と邦彦はそのソファに座るように言われた。

「編集者との打ち合わせや取材を受けるときはここを使うんだ」

梅林賢がそう言った。

竜崎は邦彦を紹介してから、事情を説明した。

梅林賢が邦彦に言った。

「ほう。アニメの仕事をやりたくて東大に……。そんな話は初めて聞いたな……。で、早く映画の仕事を始めたいので、大学を辞めたいと……」

邦彦がこたえた。

「ポーランドの大学に留学をして映画の勉強をしてきました。とても実践的なので驚きまして、今の大学に通い続けることに疑問を持ったのです」

「それで……」

梅林賢が竜崎に言った。「刑事部長は俺に何を言ってほしいんだ？」

「創作者としての意見をうかがいたいのです」

「物書きと映画関係者はずいぶんと違うよ」

「我々一般人からすれば、どちらも物を創り出すお仕事です」

「じゃあ、結論から言おう。物を創るのに、大学で勉強する必要などない」

邦彦が言った。

「では、大学を辞めたほうがいいということですか？」

竜崎は何も言わずに話を聞くことにしていた。梅林賢に意見を聞こうと考えたのは自分だし、大学をどうするかは邦彦が決断することだと本気で考えていたからだ。

梅林賢が言った。

「まあ待ちなさい。今言ったのはあくまでも一般論だ。小説を書くにしても、映画を撮るにしても、学歴なんぞ関係ない。大学なんて行かなくても立派に小説家になった者はたくさんいる。映画業界でもそうだろう。だがね、小説家の多くは大学を出ている。これも事実だ」

「日本の大学の授業は、実践的ではないので、時間の無駄のように思えるのです」

「時間を無駄にできることがどれだけ幸せか、プロになれば痛感するよ」

「時間を無駄にできることが……？」

「大学に通うことの価値って、何だと思う？」

「よくわかりません」

「君はどうして東大を選んだんだ？」

「父に東大以外認めないと言われました」

梅林賢は竜崎を見てから、笑い出した。

「君のお父さんは、本当に面白い人だな」

「言われるままに、たいした考えもなく大学を選んだことも悔やんでいます」

「それ、正解なんだよ」

「え？　正解……？」

「大学に通う価値がよくわからないということも、言われるままに大学を選んだということも。大学なんてその程度のところなんだよ。ただ、俺の実感で言うと、行ってよかったと思う。最大のメリットは、四年間居場所を与えられたことだ」

「居場所ですか」

「立場と言い換えてもいい。何も考えずにいられる四年間というのが、どれほど貴重なことか。

別の言い方をすれば、何でも考えられる四年間だ」

「東大というのは、探せば探しただけのこたえが見つかると、父に言われたことがあります」

「なんだ、意外とつまらないことも言うんだな。こたえなんて見つけなくていいんだ。俺は大学で勉強なんてしなかったし、特に部活に力を入れていたわけでもない。ただ友達と無駄と思える時間を過ごしていただけだ。だがね、その時間があったから俺は作家になれたんだと思う」

邦彦はしきりに何事か考えている様子だった。

梅林賢の言葉が続いた。

「学生のうちは焦ることはない。小田原の石垣山一夜城《いしがきやまいちやじょう》というのを知っているか？」

「いいえ」

「天正《てんしょう》十八年のことだ。太閤秀吉《たいこうひでよし》が小田原北条《ほうじょう》氏を十五万の軍勢で取り囲んだ。そのとき、秀吉は本陣として、笠懸山《かさがけやま》にあっという間に総石垣の城を建てた。張りぼてだったらしいがね。小田原城内の北条氏の将兵はそれを見てびっくり仰天。すっかり士気を失ったという。それ以来、笠懸山は石垣山と呼ばれるようになり、その城は太閤一夜城と呼ばれることになる」

竜崎は言った。

「一夜城は実際には、築城に八十日ほどかかったそうですが……」

梅林賢は顔をしかめた。

「やっぱり、つまらんことを言うんだな。何が言いたいかというとだな、人生なんて、一夜もあればすっかり変わってしまうこともあるということだ。有名作家も一夜で殺人犯になっちまうんだ」

「まだ刑が確定したわけではありません。それに殺人の罪かどうかもまだわかりません」

梅林賢は竜崎に取り合わず、邦彦に向かって話を続けた。

「その逆もある。本当にやりたいことがあれば、一夜でそれを手に入れることができるかもしれない。俺は新人賞を受賞したその日から作家になった。勝負は一瞬だ。だから、時間を無駄にできる間はしていればいい」

梅林賢は、竜崎を見ると言った。

「俺にできる話はこんなもんだ」

竜崎はこたえた。

「実作者ならではのお話だったと思います」

「ところで……」

梅林賢が言った。「あんた、酒は飲むのか？」

「飲みます」

「今度付き合ってくれ。北上がムショに入ったら飲み相手が一人減るんでな」

「私もいつまで神奈川にいるかわかりませんが……」

「どこにいたっていい」

「わかりました」

一時間ほどで梅林賢のもとを去り、小田原駅から横浜にやってきた。邦彦は自宅に向かい、竜崎は県警本部に戻った。

刑事部長室に入ったのは午後三時過ぎのことだ。椅子に座ったとたんに、決裁を求める面会があった。すぐに部屋の外には行列ができるだろう。

溜まっている書類も膨大だ。決裁に追われていると、阿久津がやってきた。

竜崎は彼に言った。

「俺がいない間、いったいどうやって仕事をこなしていたんだ？」

「別にどうということはありません。私にできることは限られておりますので」

「限られている？」

「はい。私に部長決裁ができるわけではありませんから……」

「たしかに組織上、参事官は部長の下だし、階級も一つ下だ。だが、地方の警察本部では部長と参事官を兼務することもある。それほど立場は変わらないだろう」

「いいえ。やはり部長とは違いますよ。私は補佐役に過ぎません」

「私がいないほうが、仕事がはかどっているように思えるのだが、気のせいだろうか」

「はい。気のせいです。部長の仕事は部長にしかできません。特に、竜崎刑事部長のようなお仕事は……」

「俺は、決裁の判を押すのが精一杯だし、現場ではあまり役に立たない」

阿久津は一瞬、間を置いてから言った。

「部長はご自分をよく理解しておられないようです」

「そんなことはないと思うが……」

そこに八島警務部長がやってきた。

「何の用だ？」

「今朝は、本部長がふさぎ込んでいた。まるで別人みたいだった」

「ああ。そのようだな」

「おまえと会ってから、すっかりいつもの調子に戻っていた。いったい、何を話したんだ？」

「小田原の捜査本部についての報告だ」

「それだけじゃないだろう。何か、特別な話をしたんじゃないのか？」

「外に決裁待ちの列ができていなかったか？」

「ああ、できていたな」

「それを待たせたくないんだ」

「俺に出ていけと言うのか？」

「阿久津参事官がお話をうかがうよ」

阿久津が即座に言った。

「喜んで承ります。さあ、私の部屋に行きましょう」

何か言いつづけている八島を、阿久津が連れ出してくれた。

竜崎は次の面会者を呼び入れた。


なんとかその日の仕事を片づけ、帰宅したのは午後九時頃のことだった。

冴子がすぐに夕食の仕度をしてくるというので、着替えてリビングルームで待っていると、邦彦が部屋から出てきた。

「梅林先生の話は、本当にためになった」

「そうか」

「なんか、がつんときた」

「がつんときた……」

「いろいろ考えてみることにする」

「大学を辞めるかどうかの結論を、まだ出さないということか？」

「いや、そうじゃなくて……」

「そうじゃない？」

「大学にいる間にいろいろ考えようと思ったんだ」

竜崎は改めて邦彦の顔を見た。

「大学を辞めないということか？」

「そう」

「おまえの意志だな？」

「ああ。そう決めた」

竜崎はうなずいた。

「そうか。わかった」

邦彦は部屋に戻っていった。

台所から冴子が出てきて言った。

「よかった。ほっとしたわ」

「聞いていたのか？」

「そりゃ聞こえるわよ。あなた、やるときはやるわね」

「何のことだ？」

「梅林賢のところに邦彦を連れていったんでしょう？　邦彦、興奮してたわよ」

「そうか」

「あなたにそんな人脈があるって、知らなかった」

「捜査の過程で知りあっただけだ。人脈というほどじゃない」

「いつかいっしょに飲もうと言われたんですって？」

「言われた」

「今度会ったらサインもらってきてよね。本買っておくから」

竜崎は冴子の顔を見た。

「おまえ、梅林賢のファンなのか？」

「そうじゃないけど。サインもらえるならもらったほうがいいじゃない」

「そんなものなのか？」

「そうよ」

「本を買ってきたら、読んでみよう」

「あなたが小説を？」

「いけないか？」

「もちろんいいことだと思う。じゃあ、さっそく明日にでも買ってくる」

夕食の準備が整い、竜崎は食べはじめた。いつものように三百五十ミリリットルの缶ビールを一本飲む。

食事をしながら考えた。

佐藤本部長は北上輝記の、伊丹は梅林賢のファンだという。そして、邦彦はアニメに夢中の様子だ。

自分の人生に、そういうものは必要だろうかと、竜崎は改めて考えてみた。

そして、必要ではないという結論に至った。ただ、小説や映画を楽しむことを否定しようとは思わない。

読みたければ読めばいいし、観たければ観ればいい。それだけのことだ。

ただ、梅林賢の本は少しだけ楽しみだと感じていた。

翌日の午後に、阿久津がやってきて告げた。

「板橋課長が報告に来たので、連れてきました」

「何の報告だ？」

「本人から聞いてください」

板橋課長が入室してきた。部長席の前で気をつけをすると、彼は言った。

「検察から知らせがありました。寺島正孝の件です」

「何をしゃちほこ張っているんだ？」

「自分はいつもどおりですが……」

部長室にやってきて勝手が違うということだろうか。明らかに「いつもどおり」ではない。普段は立場の違いなど気にせずに、言いたいことを発言する。まあ、それが彼のいいところでもあるのだが、今は様子が違う。

「寺島はどうなるんだ？」

「検察は起訴猶予を決めたようです」

「そうか」

「逮捕・監禁の罪ですが、被害者本人に依頼されたことが明らかですので、実際には逮捕にも監禁にも当たらないということのようです」

「ならば、嫌疑なしでいいんじゃないか？」

「あくまでも検察の判断です」

阿久津が補足するように言った。

「寺島正孝が北上輝記を連れ去ったことは事実ですし、警察が捜査を始めて世間が騒然となっても彼は事実を秘密にしていたわけですから……」

「なるほど」

竜崎は言った。「検察としてはその点を無視できなかったということか」

「起訴猶予も実際には不起訴ですから、前科がつくこともありません」

竜崎はうなずくと、板橋課長に言った。

「ご苦労だった。小牧中隊長にもよくやったと伝えてくれ」

「は……」

板橋は上体を十五度に傾ける敬礼をしてから退出していった。

竜崎は阿久津に言った。

「あいつ、変だったな」

「そうですか？　本人が言っていたとおり、いつもと変わらないと思いますが……」

竜崎は気づいた。もしかしたら、板橋課長は阿久津がいるからあんな態度を取っていたのかもしれない。

阿久津の前では、いつもあんなに礼儀正しいのだろうか。

「君は部下の礼儀や規律について厳しいのか？」

阿久津は怪訝そうな顔になった。

「いいえ。普通だと思います」

部下を緊張させる何かが、阿久津にはあるのかもしれない。それにしても、課長が部長より参事官に気を使うというのは少々不愉快だった。

竜崎の携帯電話が振動した。梅林賢からだった。

「では、失礼します」

電話に気づいた阿久津がそう言った。彼が出ていくと、竜崎は電話に出た。

「昨日はありがとうございました」

「役に立ったとは思えないがな」

「いいえ。効果抜群でした。息子は大学を辞めずにいろいろと考えてみると言っていました」

「それはよかった。電話したのは、酒の誘いだ。近々時間があったら飲もう。俺が横浜まで出てもいい」

「こんなに早くお誘いがあるとは思いませんでした。先生のご著書を読んでからお目にかかろうと思っていたのですが」

「先生はやめろ。酒を飲むのに、俺の本を読む必要もない」

竜崎はふと思いついて言った。

「警視庁の伊丹刑事部長を覚えていますか？」

「ああ。俺のファンだと言ってくれたな？」

「彼も誘いたいのですが、どうでしょう？」

「かまわんよ。任せる」

「では、伊丹部長に都合を訊いて、折り返しお電話させていただきます」

「わかった」

いったん電話を切り、伊丹にかけた。呼び出し音が聞こえる。

珍しく竜崎はわくわくしていた。

＊写真　広瀬達郎（新潮社写真部）

＊初出　「小説新潮」2022年10月号〜2023年 9 月号

今野敏（こんの・びん）

1955年北海道生まれ。上智大学在学中の1978年に「怪物が街にやってくる」で問題小説新人賞を受賞。レコード会社勤務を経て、執筆に専念する。2006年、『隠蔽捜査』で吉川英治文学新人賞を、2008年、『果断 隠蔽捜査２』で山本周五郎賞と日本推理作家協会賞を、2017年、「隠蔽捜査」シリーズで吉川英治文庫賞を受賞。2023年、ミステリー文学の発展に著しく寄与したとして日本ミステリー文学大賞を受賞。さまざまなタイプのエンターテインメントを手がけているが、警察小説の書き手としての評価も高い。近著に『トランパー　横浜みなとみらい署暴対係』『脈動』『遠火　警視庁強行犯係・樋口顕』など。

一夜《いちや》　隠蔽捜査《いんぺいそうさ》10

二〇二四年一月一五日　発行
二〇二四年一〇月三〇日　三刷

著者　今《こん》野《の》敏《びん》
発行者　佐藤隆信
発行所　株式会社新潮社
〒162―8711 東京都新宿区矢来町七一
電話　編集部（〇三）三二六六―五四一一
　　　読者係（〇三）三二六六―五一一一
https://www.shinchosha.co.jp
装幀　新潮社装幀室
印刷所　大日本印刷株式会社
製本所　加藤製本株式会社

乱丁・落丁本は、ご面倒ですが小社読者係宛お送り下さい。送料小社負担にてお取替えいたします。

価格はカバーに表示してあります。
© Bin Konno 2024, Printed in Japan
ISBN978-4-10-300263-5　C0093

審議官　隠蔽捜査9.5　今野敏

信念のキャリア・竜崎伸也の突然の異動。その前後、実は周囲でこんな波瀾が――!?　人気シリーズの名脇役たちが活躍する、本編では描かれなかった9つの物語。

カーテンコール　筒井康隆

「おそらくわが最後の作品集《カーテンコール》」と言う巨匠が最後の挨拶として残す、痙攣的笑い、恐怖とドタバタ、胸えぐる感涙、いつかの夢のごとき抒情などが横溢する傑作掌篇小説集！

君が手にするはずだった黄金について　小川哲

才能に焦がれる作家が、自身を主人公に描くのは、承認欲求のなれの果て――。いま最も注目を集める直木賞作家が、成功と承認を渇望する人々の虚実を描く話題作！

縁切り上等！　離婚弁護士　松岡紬の事件ファイル　新川帆立

幸せな縁切りの極意、お教えします。読めば元気をもらえる、温かなヒューマンドラマにして、個性豊かなキャラクターたちが織りなすリーガル・エンタメ！

街とその不確かな壁　村上春樹

高い壁で囲まれた「謎めいた街」。村上春樹が長く封印してきた「物語」の扉が、いま開かれる――。魂を深く静かに揺さぶる村上文学の新しき結晶、一二〇〇枚！

木挽町のあだ討ち　永井紗耶子

ある雪の降る夜、芝居小屋のすぐそばで、美少年・菊之助によるみごとな仇討ちが成し遂げられた。後に語り草となった大事件には、隠された真相があり……。

天路の旅人　沢木耕太郎

第二次大戦末期、中国大陸の奥深くまで「密偵」として潜入した一人の若者がいた。そんな彼の果てしない旅と驚くべき人生を描く、著者史上最長のノンフィクション。

ラザロの迷宮　神永　学

湖畔の館で開催された謎解きイベント。事件を解決すれば脱出できるというが、発見されたのは本物の死体で――。一行先さえ予測不能のノンストップ・ミステリ。

禍　小田雅久仁

セカイの底を、覗いてみたくないか？　孤高の物語作家による、恐怖と驚愕の到達点に刮目せよ！　臓腑を掻き乱し、骨の髄まで侵蝕する、小説という名の七の熱塊。

雫の街　家裁調査官・庵原かのん　乃南アサ

家庭が病み、人生の歯車が狂って家裁に来る者たち。予想を超えた真実にたどり着くほどに、「聴く」ことしかできない調査官としてのかのんの葛藤は深まり――。

ひむろ飛脚　山本一力

暖冬で氷が作れず、来夏の将軍への「氷献上」は絶望的。そんな加賀藩最大のピンチを知恵と情熱で救う男たちがいた。圧倒的展開で疾走するノンストップ時代小説！

墨のゆらめき　三浦しをん

実直なホテルマンは奔放な書家の副業である手紙の代筆を手伝わされるうち、人の思いを載せた「文字」のきらめきと書家に魅せられていく。待望の書下ろし長篇小説。

成瀬は天下を取りにいく　宮島未奈

「島崎、わたしはこの夏を西武に捧げようと思う」。中2の夏休み、幼馴染の成瀬がまた変なことを言い出した。圧巻のデビュー作にして、いまだかつてない傑作青春小説！

野火の夜　望月諒子

次々と見つかる血塗られた紙幣と、一人のジャーナリストの死。それは、忘れられた昭和の記憶へ繋がっていた――。『蟻の棲み家』に続く木部美智子シリーズ最新刊。

可哀想な蠅　武田綾乃

どこからか湧いてくる目障りな存在、蓋をしたい感情。それを消していけば、世界は今より美しくなるのだろうか。彼女たちの「裏面」を描き出す、ブラックな短篇集。

名探偵のいけにえ　白井智之
人民教会殺人事件

奇蹟vs.探偵！　病気も怪我もなく、失われた四肢さえ蘇る奇蹟の楽園で起きた、四つの密室殺人。ロジックは、カルト宗教の信仰に勝つことができるか？

ループ・オブ・ザ・コード　荻堂顕

〈抹消〉を経験した彼の国で、極秘調査を命じられた「私」。謎の病とテロ事件に隠された衝撃の真相とは。破格のデビュー二作目にして近未来諜報小説の新たな地平。

あの子とQ　万城目学

見た目は普通の高校生、でも実は吸血鬼。そんな弓子のもとに突然、謎の物体「Q」が出現。巻き起こる大騒動の結末は⁉　ミラクルで楽しい青春×吸血鬼小説！